河合隼雄の幸福論

河合隼雄

PHP文庫

○本表紙図柄＝ロゼッタ・ストーン（大英博物館蔵）
○本表紙デザイン＋紋章＝上田晃郷

はじめに

人間の幸福ということについて、考えさせられることが多い。心理療法家という職業の私のところに訪ねて来られる方は、何らかの意味で不幸な状態になっておられる。その不幸を逃れて何とか幸福になりたいという願いをもって来られる。あるいは、あまりに絶望の状態にあるので、幸福など考えられないのだが、だれかに無理に引っ張られて来られる。

そんな方とお会いして、そもそも「幸福」とはなんだろうと考えさせられる。病気の人は健康な人が幸福と思っている。お金のない人はお金をたくさん持っている人が幸福と思っている。あるいは社会的な地位が高ければ高いほど幸福の度合いも増えると思っている。しかし、果たしてそうだろうか。私のようにたくさんの人びとにお会いして、その本音を聞く機会を持つと、そんなに単純に考えられなくなってくる。たくさんのお金や、高い地位などのおかげで不幸になっている、と言いたい人もある。

考え考えしながら、いろいろな人にお会いしていると、「幸福というのが、そんなに大切なのだろうか」とさえ思えてくる。ともかく、それは大切であるにしても、幸福を第一と考えて努力するのは、あまりよくないようである。結果的に幸福になるのは、いいとしても、はじめから幸福を狙うと、かえって的がはずれるようなところがある。「幸福」というのは、何だかイジの悪い人物のようで、こちらから熱心に接近していくと、上手に逃げられるようなところがある。

要は、かけがえのない自分の人生を、いかに精一杯生きたかが問題で、それが幸福かどうかは二の次ではないか。あるいは一般に幸福と言われていることは、たいしたことではなく、自分自身にとって「幸福」と感じられるかどうかが問題なのだ。地位も名誉も金も何もなくても、心がけ次第で人間は幸福になれる。

確かにそのとおりである。時に自分は「地位も名誉も金もいらない」と公言される人があり、立派なことだと思う。立派なのはいいが、あまり大声で主張されると近所迷惑に感じられることもある。立派な上にもう少し静かだったらいいがと思ったりする。こんなあたりが、幸福ということの面白さである。地位も名誉も金も、あるのも悪くはないのである。

というわけで、正面切って「幸福論」などはじめると、とうてい論じ切ることなど不可能と思っている。ところが、中日新聞記者の林寛子さんより「しあわせ眼鏡」という題で気楽な連載を、と言われたときは、多忙なことも忘れて引き受けてしまった。

既に述べたように、自分の職業上、「幸福」に関心はある。ただ正面切って論じるのは難しいが、来談される人たちと話し合っていると、みすみす不幸を選んでいくような生き方をする人、「もうちょっと上手にやれませんか」と言いたくなるような人が実に多いのである。深く考えはじめると難しくなるが、そんなのではなく、ちょっと眼鏡をかけ変えることによって、異なるものが見えるように、少し見方を変えることによって、幸福が身近になる、ということがありそうである。

このような考えで連載をはじめた。自分が見聞きしたことや、書物を読んで感じたことなどを、気楽に、それでも幸福ということに直接、間接に関連づけることを念頭において、毎月の連載をした。文中多くの書物から引用させていただいた。無断引用をお詫びすると共に、心からお礼申し上げたい。前述の林記者は読者の反応や、自分自身の感想などを伝えてくださって、励ましてくださった。それで、そんなに長く続けた気持ちもないのに、一冊の本になる程度になったので、この辺で一応連載を終わることにして、ここにまとめることにした。

全体的な構成のある本ではないので、読者はどこでも自分の好きなところを読んでくださるとよい。そのなかのどれかが読者の幸福という点で少しでもお役に立つことがあれば、真に幸いである。

最後に私事になるが、本書の成立のいきさつについて一言。実は前述した記者の林寛子さん、それに本書の編集をしてくださった海鳴社の辻和子さんは、共に私が京都大学教育学部に奉職中の教え子である。その縁で本書ができることになったが、優秀な教え子が成長し、共に幸福に関する本をつくることができたのは、私にとって幸福なことである。ありがたいことである。

平成十年五月四日

河合隼雄

河合隼雄の幸福論——目次

物　語　163

幸福とは何か

「しあわせ眼鏡」という題を編集長から与えられたとき、なかなかいいタイトルなので気にいってしまい、連載を引き受ける気になった。幸福ということは私にとって非常に大切なテーマである。心理療法という仕事をしていると、不幸な人が何とかそれを脱出して幸福になる道を見いだすために訪ねて来られる、と言ってもいいほどである。

世のなかには本当に不幸な人がおられる。早く親に死に別れた人、思いがけない事故に遭った人、難病にかかった人、しかもそのようなことが繰り返される人。少しでもうまくゆきかけるとつぎの不幸がやってくるのである。あまりのことに、怒る気も嘆く気もなくなったと言われた人もある。そして、それらはすべて本人の責任ではない。「何も悪いことをしていないのに」と言われる人もある。

このような人にお会いしていると、人間というものは不公平にできているなと思ったりする。それでも共に歩んでいると、また道がひらけてくるのだが、ここではそんな大変な話ではなく、もう少し身近な話をしてみよう。

ある男子高校生が学校へ行かなくなった。本人は登校しなくては、と思うのだが、朝になると足がすくんで歩けなくなるような感じがする。両親もやきもきするが、どうしようもない。本人は学校へ行かないだけでなく、昼夜が逆転してしまって、昼の間は眠ってばかりというほどになった。たまりかねて両親がそろって専門の相談機関を訪れた。

そこでの話によると、父親は中学校を出ただけで働かねばならず、大いに苦労をしたが、何とか頑張って自営の仕事を切りひらき、まずまずと言えるところまでやってきた。そこで、自分の息子には同じような苦労をさせたくないと思い、大学卒の学歴をつけてやりたいと考えて、小学校のときから家庭教師をつけてやったりした。そのようにして子どもが苦労しないように、幸福になるようにと思ってやっているのに、親の心子知らずというべきか、子どもは学校に行かず怠けているのはけしからん、と父親は嘆くのである。

この話を聞いていると、父親として子どもの幸福のためにと願ってしていることは、ほんとうに子どもの幸福のためになっているのだろうか、と考えさせられる。「苦労をしないように」と言うが、確かに中学校を出てすぐに仕事をするのも苦労だが、家庭教師をつけられて、自分の意思にお構いなく勉強させられるのも「苦労」ではないかと思う。

もちろん、子どものときに苦労することは必要かもしれない。しかし、人間にとって自分の意思を無視して押しつけられることは、一番の苦痛ではなかろうか。

このような話を聞いて思うことは、せっかく幸福の道が用意されているのに、苦労して不幸の道を選んでいるのではないか、ということである。こんなとき、この父親が自分のしていることを「しあわせ眼鏡」なんてものをかけて見ると「ハッ」と気がついて、子どものほんとうの「しあわせ」を、自分はお金をかけて努力して奪おうとしていることがよく見えてきたりすると、ほんとうに便利なのだが、などと思ったりする。

われわれ大人が子どものころは、ものがないこと、学校に行きたくても行けないことなど「――がない」という不幸が多かった。そこでどうしても、「ものがある」「学歴がある」などということを幸福と思い、それを追いかけ追いかけして、いろんなものが手にはいったものの、果たしてそれがほんとうの幸福かという疑問が生じてきた、と言っていいだろう。そこで、われわれはこれまでのような単純な幸福観に立って、例にあげた父親のように、子どもの幸福を願ってかえって不幸に追いこむようなことをせずに、「しあわせ眼鏡」を手に入れて、ものごとをもう一度見直してみることが必要と思われる。

モモの笑顔

モモというと、多くの人が児童文学のミヒャエル・エンデ作『モモ』（岩波書店）のことと思われるに相違ない。もうすでに百万部が売れたとのことだから、日本中にモモのファンがいると考えていいだろう。主人公の少女モモが素晴らしくて、だれでもこんな少女に一度会ってみたいと思うだろう。映画化されたので映画を見たが、モモになった女優さんの目の美しさが、強く印象に残っている。

　ところで、今回お話するのは『モモ』のことではなく、老人のモモのことである。と言っても不思議にエンデの『モモ』の主題と重なってくるが、これは後に述べる。

　テレビを何となく見ていると、NHKの北アフリカ紀行というシリーズで、カスバを映している。われわれオールド・ファンはカスバというとすぐに映画の『望郷』、主演のジャン・ギャバンを連想するのだが、確かにあのときに映画に見たとおりの入り組んだ街が映され、なつかしい想《おも》いで見た。

　カスバの人たちに、NHKの人がインタビューをすると、多くの人が「モモじいさんに会いにゆけ」と言っている。モモじいさんは昔から尊敬を受け、何かにつけて相談に応じている人らしい。

　カメラはまたもや錯綜《さくそう》した路地をあちこち移動し、「モモじいさん」の家にたどりつく。呼ばれて出てきた、モモじいさんの笑顔を見ると、こちらも釣りこまれてにっこりとしたくなってくる。会話の間も別に大したことを言っているわけでもないのだが、モモじいさんの笑顔を見ているだけで、気持ちがなごやかになるのを感じる。

おそらく、いろいろもめごとがあっても、このじいさんの笑顔を見ているだけで、だれもが争いは止めにしようと思うのではなかろうか。この番組は、モモじいさんの笑顔を映し出してくれただけで、十分に価値があると思った。

一九二〇年ごろ、というといまだヨーロッパ中心の考えが強かったころ、スイスの分析心理学者のユングは、アメリカ・インディアン（最近はネイティブ・アメリカンと言う人が多い）の人たちに会って、その老人たちの顔の素晴らしさに感心する。ヨーロッパにはこれほどの威厳と落ち着き、それに温かさをそなえた顔をしている老人は一人もいない。このことからだけでも、ヨーロッパ人は、自分の文化の欠点について反省すべきだ、と彼は考えたという。

ところで、モモじいさんはニコニコとNHKの人に応対していたが、最後になると急にいかめしい顔つきになってきて、日本人に対して苦言を呈したいと言う。日本人は欧米のまねに一生懸命になりすぎて、昔からもっていた東洋の知恵を忘れているのではないか、というのが彼の主張である。

日本人にも日本古来のよさを忘れてはならない、という人はたくさんあって、時には食傷気味だが、こんな素晴らしい笑顔をするモモじいさんに言われると、こちらも考えこまざるを得ない。

そう言えば、海外で出会う日本人は——私自身も含めてのことだが——セカセカ、イライラしていて、モモじいさんの落ち着きとは、ほど遠いものがある。私もそろそろ老人の域に達してきたので、できることならモモじいさんのような、笑顔をもった老人になりたいものだが、これはどうすればいいだろう。

考えてみると『モモ』の主人公の少女モモも、たくさんの人の相談を受けて、彼女に話を聞いてもらうだけで、人々は心のなごんでゆくのを感じるのだった。少女のモモと老人のモモ、どちらも素晴らしいが、その共通点は「時間」というものに縛られていないことらしい。あるいは、自然の時間に生きている、と言っていいだろう。

と言っても、現代人のわれわれは「時間」と無関係になど生きられない。他人と約束した時間を守らなかったら、一人前の人間として扱ってもらえないであろう。結局は「時間」に追いまくられ、その分だけシカメツラになり、笑顔は消えてゆく。

現代人の生き方の難しいところは、時間に従って生きながら、それに縛られたり、追いかけられたりしない、ということであろう。その対策のひとつとして、時には「時間を忘れ」たり、「時間にこだわらない」生き方をする「時」をうまく確保することであろう。

そのような心の余裕をもつことによってこそ、モモじいさんのような笑顔が生まれてくることと思われる。二種類の時間をうまく使って生きる道を見いだしてこそ、現代人も少しいい笑顔を取り戻せるのではなかろうか。

兄弟

昔話を読むとよく出てくるパターンに次のようなのがある。兄弟が三人いて、上の兄二人が何かを試みて失敗するのだが、末っ子の弟はのろまだと言って馬鹿にされていたのに、その子が成功する。どうして、のろまな末っ子が成功するのだろうか。

ずっと以前に大学生の人に相談を受けたことがある。一流大学の学生で、見るからに頭のよさそうな人だった。話をきくと、長い間大学に出て来なくて留年を重ね、もう限界が来て退学するより仕方がないだろう、とのことである。自分は小学校の頃から優等生で、両親とも非常に大事にしてくれた。勉強が好きなのでよく勉強したし、よい成績をとると親が喜ぶ、先生もほめてくれる、というので、勉強ばかりしているような感じであった。

両親とも学歴のない人だったので、すっかり喜んで、この子のおかげで自分たちの老後も安心できると言っていた。自分も一生懸命勉強して偉くなり、両親が大事にしてくれたように、両親が年をとる頃には自分が大事にしてあげなくては、と思っていた。

ところが、弟があったのだが、その弟はまったく反対の勉強嫌いで遊んでばかり、成績は下の方であった。それでも両親は「兄がしっかりしているので」と、兄に頼ればいいという感じで、弟の方は放任されて育った。弟は好き勝手に育ち、商業高校に進み、卒業後はすぐに就職した。親は弟がどこに行こうが気にかけず、ひたすら兄の進学のことを心配していたが、兄は期待にこたえて一流大学に見事に現役で入学した。両親は大喜びしたが、入学してすぐに不幸がはじまった。

もちろん、当人も喜びいさんで入学してきたのだが、大学は案に相違してあまり面白くなかった。高校のときは何を勉強すべきかがはっきりときまっており、その結果は模擬試験の点数として明確に示された。それが彼の自信となってきた。ところが、大学というところは何をしていいのかはっきりしない。別に試験がそれほどあるわけでもない。同級生は適当にクラブにはいって、楽しそうにしているが、自分は勉強以外に趣味などないのだ。

そのうちに、何ともわけのわからない不安に襲われるようになった。足もとがぐらぐらとして奈落《ならく》に落ちてゆくような不安。考えてみると、自分は「優等生」というので、喜んで生きてきたが、それは教師や親が言うので、ただそれに合わせて生きてきただけで、「自分のもの」と言えるもの、あるいは「これが私だ」と言えるものは何ひとつもっていないのではないかと思えてきた。そうなると一挙に自信を喪失し、何が何だかわからなくなって、大学へ出てゆく気がしなくなり、自分が生きているのか死んでいるのかわからないほどになった。以後、彼の苦しみは続き留年に留年を重ねた。

ところが、弟は一本立ちして商売をはじめ、それが大当たりをし、若いのに家まで建てて両親と共に暮らしているという。ここまで話をして、彼は私をじっと見て、「先生、どちらがいい子でしょうか。両親はいつもいつも、兄は偉いが弟は駄目だ、と言っていましたが」と言った。

私は、この方の問いかけに対して、次のように答えた。二人の兄弟がどちらがいい子かと考えて、今、弟はよくお金をもうけて両親まで引きとって暮らしている。兄の方はただお金を使うだけで、何もせずにぶらぶらして暮らしている。だから、弟は「よい」が兄は「わるい」と断定されたら、それは兄弟が子どもだった頃に成績だけで判断を下して、両親が兄は「よい」が弟は「わるい」と考えていたのと同じ誤りを犯すことになるのではなかろうか。

兄が子どもの頃、両親の注意がそちらに集中したので、かえって弟の方はのびのびと育ってよかったのかもしれない。今、兄がぶらぶら暮らしていることは、弟がやる気を起こすのに役立っているかもしれない。「よい」、「わるい」など考えてもわからないことだから、そんなことにこだわらずに、ともかく、自分らしい生き方を探し出すより仕方がないのではないか。だから、今は焦らずにぶらぶらしていたら、何かが心のなかから出てくるはずである。何も無理に「よい」弟の真似などする必要はない。ボチボチといきましょう。

皆さんは、この兄弟の話から「しあわせ」について何を考えられますか。

子育て

子どもの問題でいろいろな方が相談に来られる。たとえば、学校に行かない子どもをもった親だと、どうして自分の子どもはこんなになったのかと嘆かれる。そんな話をゆっくりとお聴きしていると、ともかくあの子が登校してくれるだけでいい、これまでは成績がどうのこうのと言っていたけれど、それほど頑張らなくていいから、学校へ行ってくれるだけでありがたいと思う、と言われる。

このようなことを言われる方は多いが、なかなか腹の底からの言葉として出ているのではなく、学校へ行き出すとすぐに「成績は」ということになるのが予感されるときがある。それも考えてみると親心というもので、むしろ当然と言えるかもしれない。したがって「学校に行ってさえくれたら満足」というのも額面どおり受けとっていいかわからない。

しかし、言葉の上だけではなく、実際に親が子どもに押しつけや非現実的な期待をもつのをやめ、子どもの「姿が見えてきた」と感じられるときがある。子どもがその子なりに生きてゆく姿を、そのまま受けとめてゆこうとする気持ちに親がなったとき、子どもたちは登校をはじめることがある。

このように相談に来られる人はともかくとして、子どもがそれほど取りたてて「問題」を起こさずに生きている家では、親たちは「子育て」にそれほど苦労せず、あるいは、それを楽しんでいるか、というとそうでもなさそうである。「子育て」を楽しいと感じるかという質問をすると、楽しいと感じる親の数が欧米に比して、日本は相当に少ない、という統計がある。これは女性が働くようになったからだ、と単純に考える人があろうが、欧米でも働く女性は多いし、別に働いているから子育てをつらく思う女性が多い、というのでもない。

日本の特別な事情として考えられることは「上手な子育てによって、子どもを幸福にしたい」という気持ちが強すぎることではないだろうか。子どもにあれもしなくては、これもしなくてはと思う。あるいは、いろいろなことをしてやりたいと思う。しかし、なかなか思いどおりにゆかぬので、どうしても親は罪悪感を感じてしまう。

その上、「子どもを幸福に」というときに、子どもがその子の本来の道を歩むことを考えるのではなく、よい成績とか、よい大学とか世間一般の評価にそのまま頼ってしまう。親は、ほんとうに子どもの幸福のためにか、自分自身の幸福のためにか、どちらのために子育てをしているのか、わからなくなってくる。

日本人はタテマエとホンネを上手に使いわけるのがうまい、と言われる。「子育て」のタテマエは、「どんな子でも、上手に育てると、偉くなる」ということらしい。それでは、ホンネの方はどうなのだろう。

日本で「タテマエ」が強力に作用しているときに、うっかり「ホンネ」を言うと袋だたきになるので、別に大きい声でホンネを言う必要もないが、子育てについてのホンネとタテマエのバランスは、自分の家ではどうなっているのだろう、と考えるだけの心の余裕は失いたくないものである。さもなければ、親として「子育て」が重荷になりすぎて、だんだん楽しくなくなってくるだろう。

子育てのホンネが弱くなってきた理由としては、大家族が少なくなったので、子育てのホンネを祖父母から聞くことが少ないということもあるだろう。若い両親は自分の育児法について、いつもタテマエと照らし合わせて考えては、心配したり悩んだりすることが多くなる。

ホンネをきくと、なんだそんなものかと思えることが、そうはいかないのである。その上、経済的に豊かになったので、タテマエどおりにしようとすれば、それが相当に可能になったということもある。金と時間がなかったら、子どもにそれほどかまっていることがなく、すべてが自然にはたらいてうまくいったかもしれない。

と言っても、昔にかえることはできないし、昔は昔でつらいことも多かったのだから、現代に生きるわれわれとしては、タテマエにとらわれずに、子どもの姿をよく見ることが大切であろう。子どもは一人ひとりそれぞれにふさわしい生き方をしようとしている。それが見えてくると、子育ての楽しさがもっと大きくなるのではなかろうか。

何を伝えるのか

「情報社会」ということが最近よく言われるようになった。テレビ、新聞、雑誌、それにインターネットによる新しい技術ももたらされて、現代はおびただしい情報がとびかっている。それらのなかで正確なものをどれほど速く、多く受けとるかが、その人の幸福につながってくる、と考えられる。

確かに情報が不足していたり、まちがったことを信じていたりすることによって損をすることがある。そのために、多くの人が情報を速くたくさん受けとる便利な方法を求めて苦労している。しかし、それだけでいいのだろうか。情報以外に人間にとって大切なものはないだろうか。

あるシンポジウムで作家の井上ひさしさんとご一緒することがあった。井上さんはこの頃芝居に一生懸命になっている、と芝居の話をされた。劇場に来る人はいろいろな人だ。職業も年齢も、その人の人生経験もさまざまである。劇場に来てから、来るのが早いとか遅いとか口論している人もある。そういうところが演劇がはじまり、それが成功する場合は、劇場全体に「不思議な一体感」が生まれてくる。

観客が一体となって喜びや悲しみの感情を味わい、その揺れが舞台へと及んでくると、俳優がそれを受けて、練習のときには決してできなかったような名演技をしてしまう。すると、それがまた観客の感動を呼ぶ。というようにして、劇場内の人々のなかに、心の共振現象のようなことが起こるのだ。

井上さんの言葉を借りると、「この場に、この人たちが一堂に会することは、一生のうちにもう二度とないであろう。一生のうちにただ一度、集まった人たち」。それが一体となって共揺れの体験をする。

このようなときは、劇が終わってもすぐに立ち去る人がいない。お互いが優しいまなざしをかわして静かに去ってゆく。そんなときに、井上さんは演劇をやってよかったと思う、と言われる。

井上さんのこのような話が、シンポジウムの聴衆の人びとに感動をもたらし、そこには「一体感」が感じられ、井上さんの話が終わると自然に拍手が起こったりした。私も聴いていてすごく心を揺さぶられ、この話を聴いただけで、ここに出席した価値があったと思った。

だが、情報の伝達という点から言うと、私は井上さんからどのような「情報」を受けとったのだろう。聴衆の皆さんも喜んでおられたが、それは、井上さんの話によって何か新しい知識を獲得したためであろうか。別に、井上さんの話によって演劇に関する珍しい知見が得られ、次にだれかに受け売りできるなどというのでもない。井上さんからわれわれが受けとめたものは、知識ではなく心の揺れである。井上さんは演劇の話をしておられる。だのに、私は演劇のことではなく、自分の専門の心理療法のことをあれこれと考え、「よし、ボクもやるぞ!」などと思ってしまうのだ。

つまり、井上さんの話から、私の心のなかに「動き」が誘発されるのである。

その上、聴いていて何となく心が楽しくなってくる。楽しさが伝わってくる。事実が伝わってくるのではない。

だれかから発信されたものを受けとめる、というとき、最初に述べたように、正確に速く多く、などということにこだわりすぎていないだろうか。井上さんの話を聴いて、「正確に」井上さんの話を記憶したところで、あまり意味がない。

演劇の話を聴きながら、私が心理療法のことを考えていたように、聴衆の皆さんは一人ひとりが異なる受けとめ方をしつつ、自分なりの「心の揺れ」を体験し、「よし、やるぞ」などと感じられたのではなかろうか。ひとつの話がそのままではなく、多様な結果を生み出すところに、その素晴らしさがある。

こんなことを考えてくると、「教育」の現場において、情報を正確に速く多く伝えることを重視しすぎていないだろうか、と反省させられる。

こんなやり方を覚えておくと試験の時に得をするよ。こんな知識をもっていると、他の子との間に差をつけられるよ。という具合に教育してゆくことばかりやっていると、人間が生きてゆくのに、ほんとうに大切な「やるぞ！」というような心の動きの方が、おさえこまれてしまうのではなかろうか。

そして、先生の方も情報の伝達に追われ、子どもとともに心の揺れを体験することの素晴らしさを、忘れがちになるのではなかろうか。

感謝の言葉

何か親切なことをしたときに「ありがとう」と言われると嬉しい。礼を言ってほしくてしているわけでもないが、相手から何の反応も返ってこないと、拍子抜けがしてしまう。ところで、それが肉親の間になるとどうだろう。親子の間で、どの程度感謝の言葉を言うだろう。

ずうっと以前のことだが、こんなことがあった。


大学生でいろいろと難しいことのある人のカウンセリングをしていた。何回か続けてお会いした後に、その学生さんが二、三日実家に帰ることがあった。すると、その父親から電話があって「先生にえらくお世話になっているそうですが、先生はうちの息子にどんな指導をしてくださいましたか」と言われる。何のことかと思っていると、息子の態度が急に変わった。これまでは帰ってくるときは、電話で何時に駅に着く、とだけ知らせてくる。父親が車で迎えに行き、息子の荷物を積んでいると、黙って座席に座り、出発する、というパターンだったのに、それが急変したというのである。

父親が駅に迎えに行くと、息子が「お父さん、ありがとう」と言う。荷物をもとうとすると「こんなの自分でするよ」と言い、座席に座って「お父さん、ほんとうにご苦労さま」と言ったので、父親は仰天《ぎょうてん》して、すぐに私のところに電話をしてこられたのである。「先生はどのようにして、うちの息子にしつけをされたのか」、そこが知りたいというわけである。

私は別に何の指導もしていない。ただ、その学生さんの言うことに耳を傾けて聞いただけである。「うちのおやじほど頑固な奴はいません」にはじまって、息子はおやじの欠点をつぎつぎに語って攻撃した。最後は「あんなのいない方がいい」とまで断言した。「父親なんぞいない方がいい」と私は彼の言葉を繰り返した。それを聞くと彼はしばらく沈黙し、ややあって「僕の授業料や生活費は全部おやじが出しているのですけど」と低い声で言った。そして、しばらく沈黙して考えこんだ。

このような会話を続けているうちに、息子には父親の姿が少しずつ見えてきたのではなかろうか。父親と自分はほとんど同体に等しく、自分のことはすべて父親がしてくれるのは当たり前と思っていたが、父親の欠点を並べたてているうちに、自分と父親の間に適当な距離ができてきて、そこから父親を見ると、一人の個人としての父親の姿が少し見えてきたのだ。

個人と個人との関係としてみるとき、父親が車で迎えに来てくれるのに、「ありがとう」と言うのも当然である。私は別に彼に指導したわけでも説教したわけでもない。彼が自由に話し、自由に考える場を提供することによって、彼の心のなかから生まれてくる気持ちの動きを大切にしようとしただけである。

肉親の間で礼を言うのは「水くさい」と感じるときもある。たとえば、三歳の子どもが母親に何かにつけ「ありがとう」などと礼を言っていると変な感じがするだろう。つまり、両者間の依存関係が強いほど礼を言うことはない。しかし、子どもがだんだんと自立してくると、個人と個人としての礼儀が生まれて礼を言うようになる。

このように思って、欧米人のしつけを見ていると、日本人に比べて相当に幼い年齢から、親に対しても適当に礼を言うようにしつけていることがわかる。あちらでは、自立ということを非常に大切にするので、そうするのだろうと思われる。四、五歳の子どもが親に礼を言っているし、親も子どもに対して必要なときは言うようにしている。

日本人のなかには、自立を取りまちがえて、自分は親の世話にならないのだから、という気持ちで、礼を言わない（実は世話になっていても）という子どもがいる。これは自立というよりも、むしろ、甘えが過ぎているというべきで、欧米人から見ると非常に奇異な感じがするようだ。適切な礼を言う、ということは、その人が自立的になったことの標識と言ってもいいだろう。ところで、日本の場合は欧米の真似ばかりしてもはじまらないとすると、何歳くらいから子どもに親に対する礼を言うようにしつけるのか、あんがい難しいことではなかろうか。

常識

先日、建築家の安藤忠雄さんと対談した。安藤さんはご存知の方も多いと思うが、極めて創造的な建築家で、国際的に高い評価を受けておられる。

何しろ独学で建築学をマスターした人だけあって、建築界の常識を破るような設計をして、人々をあっと驚かせ、さすがだなあ、と思わせるところがある。日本中の人が一流大学を出て、一流企業に勤めるのが最高などと思っているときに、まさにわが道をゆく生き方をして成功された人だけに、前から一度お会いしたいと思っていた。

ところで、対談は期待に違《たが》わず面白いことになったが、そのなかで印象に残ったことのひとつは、安藤さんが「常識のない人は駄目ですね」と言われたことである。安藤さんのような創造的な人がなぜ、と不思議にも思えるが、対談を続けていてすぐ安藤さんの真意がわかってきた。

最近は創造性ということが大切にされてきたので、それを間違って、まるで非常識なことが独創的であると思っている人がある。そんな人はただ周囲が迷惑するだけで何の取りえもない。それよりも、常識をちゃんと身につけて生きていて、なおかつそれを超えて何かが出てきてこそ、ほんとうに独創的であり得る、というのである。

私はこれを聞いて、なるほどと感心したが、聴衆もそう感じた人が多かったようで、後で安藤さんを囲んで座談会をしたときに、早速そのことが話題になった。

このことはほんとうに大切だということになったときに、安藤さんが常識というものは、知識として知っている、というのではなく「身についたもの」になっていなくては駄目で、そのためには幼い子どものときからの教育が大切だと言われた。

これにも感心していると、若い母親の方が「それでも常識を教える、ということに、このごろの親はとまどいがあったり、自信がもてなかったりするのではないか」と言われる。

そもそも何が常識かわからない、今は常識と思っていることでも、すぐに常識でなくなってしまうことが多いのではないか。世のなかがどんどん変わってゆくのに、親が常識と思っていることを教えこむと、かえって子どもは困ってしまうのではないか、と言うのである。

これは実に重要なポイントである。私もしばらく考えたが、およそ次のようなことを申しあげた。

たとえば、私が子どものころは、大阪から東京まで「超特急」で八時間かかるのが常識であった。ところが今はまったく変わってしまった。あるいは、紙を大切にしなくてはならないので、裏の白い紙は捨てずに置いておくのは常識であることを教えられてきた。これも今では随分変わってしまった。

私が両親から教えられた多くの常識は今は通用しない。そのために私は両親を馬鹿にしたり、恨んだりしているだろうか。そんなことは決してない。

常識はあくまで常識で、「絶対的真理」ではないし、「神の命令」でもない。常識を身につけて生きているということは、常識に縛られているのとは違う。常識に固く縛られてしまったら、その常識が変化すると大いに困ることだろうし、創造性はなくなってしまうだろう。

しかし、常識をあくまで常識として身につけている人は、それをひとつの守りとして、自分も他人も不必要に傷つけることなく生きながら、新しい変化に対応してゆけるであろう。

このように考えると、今の親も自分の常識を子に伝えることに迷う必要はない。自信をもって伝えてゆけばいいのである。

むしろ、問題は、常識は押しつけたり教えこんだりできるものではなく、体から体にじわじわと伝わってゆくようなものだから、それに必要なだけの生活の共有時間が少なすぎることではないだろうか。

と言っても、昔の親子にしても長時間を共に暮らしていたわけではない。要するに、親が自分の常識を伝えることに不安を感じたり、自信をなくしたりせずに、子どもと接している時間がどのくらいあるか、ということであろう。

このことは親の常識どおりに、そのまま生きよということではない。常識の内容は変わるにしろ、常識を身につけた生き方そのものを伝えるのだ。とながながと考えて、今の親たちも自信をもって、と言いたいのだが、そんなのは「常識ですよ」といわれるかもしれない。

人生の後半

スイスの分析心理学者のユングは、人生を前半と後半に分けて考えるべきだ、と主張した。

人生の前半においては、自分にふさわしい職業について努力する、結婚する相手を見いだして共に家庭を築いてゆく。このようにして、社会的地位や財産などを築き、子どもも育てて、この世に生きてゆくための土台をしっかりとつくる。しかし、人生の後半になると、そのように生きている自分が死を迎えるとはどういうことか、死すべき者としての自分の生きている「意味」は何か、などという深い問題と直面していかなくてはならない。

人生の後半になっても、前半と同じ調子で、財産や地位のことだけ考えていたのでは、老いや死を迎えるときに、大きい困難を背負い込むことになるというのである。

ユングの言うところは、もっともなことで、このことをわれわれはよく心しておかねばならない。しかし、だからといって、人間がすべてユングの言うとおりになるとは限らず、やはり、人さまざまのところもあるのが面白いのではなかろうか。

梅原猛『中世小説集』（新潮社）は、小説であるが、そこに語られる話は、人間の生き方について考えさせられるところが多い。そのなかに「およう の尼」という短編がある。四十歳にいまだならないくらいのある僧が、師について「落日観」という観想の修行をする。日が沈んでゆくところの観想に専念することによって、彼はその煩悩《ぼんのう》をすっかり洗いおとし、師からは「あなたはきっと極楽浄土に行くだろう」と言ってもらうほどになった。

彼は師からいただいた落日秋風坊という名を名のり、わび住まいをするようになる。彼は静かに浄土に行くことを願い、食事をだんだんにへらして、ひたすら静かな死を待つ日を送った。ところが、そのような静かな日々のなかで、あるとき、六十過ぎの尼姿の老女が雨やどりのために突然にやって来た。彼女は、落日秋風坊のあまりに俗世間を離れた生活に驚いてしまうが、彼女の考えでは、若い彼がこんなところに寂しく暮らしているのは女にでもだまされたためだろう、ということになる。彼女はいかさま商売でお金もうけに忙しく、秋風坊のひたすら来世を願う気持ちなど理解できないのである。

秋風坊にとっては修行の邪魔としか思えない老尼は、その後もちょいちょいやってきて声高に一人しゃべりをして、時には、食物を置いて帰ったりしてくれた。そのうちに、秋風坊は何となくこの老女に心をひかれて心待ちするようになる。このあたりの修行僧の心の変化は、原作にはなかなかうまく描写されているが割愛《かつあい》しておこう。

僧の心変わりを見すかしたように、老尼は「知り合いの落ちぶれた公家の娘」を女房にもらわないかともちかける。美人で孝行娘だという彼女のふれこみを聞いているうちに、僧はとうとう決心をする。結婚するのだからというわけで、女のすすめるままに、葬式料にためていた金を使い、家も修理し、上等のふとんも買った。

さて、当日の夜になって、やみのなかでの婚礼の儀式も終わり、朝日がさしてきたので見ると、夜中にやってきた「娘」とは、実は、あの老尼であった。「わしはお前さんのいい女房になるよ。年はちょっといっているが、一緒に暮らしているうちにそれも気にならなくなるさ……ワッハハハハ」と婆さんは大喜びである。そして、自分は皆さんの御用をするので、御用の尼と言われていたが、今は「おようの尼」と呼ばれていると言う。「彼は心のどこかで、おようが紹介するといった娘が実はおよう自身だということにすでに前から気づいていたのではないかと思った」ということで、この短編は終わる。

人生の前半の仕事をすっとばして、人生の前半にユングの言う人生後半の仕事を成就したと思っていた落日秋風坊は、はからずも人生の後半になって、前半の仕事をすることになった、と思うと、この話は興味深い。

人間は人それぞれの生き方があって、なかなか一般論で言い切ることはできない。心理学者の言うことをすべて自分に「当てはめて」考えるのではなく、それはあくまで「参考」にして考えるのがよさそうである。落日秋風坊がどのような人生の後半の生き方をするのかと考えてみるのも一興であろう。

幸福の効率計算

人間は幸福を求めて、いろいろと努力している。もっとも、幸福とは何かと真剣に考えはじめるとなかなか難しくなるのだが、それほど難しく考えずに、一般に幸福と考えられることを対象としてみることにしよう。

たとえば、休日には家でゴロ寝をしている人もあるが、出かけて釣りに行く人もあるし、プロ野球やJリーグなどの観戦に行く人もある。あるいは、徹夜をしてでもマージャンをする人もある。それぞれのことに関心のない人から見れば、どうしてあんなことにお金と時間を費やすのだろうと言いたくなるが、ともかく、本人はそれが好きなのでやっているのだ。好きなことをするのは楽しい。それは幸福につながることである。他人がそれをどう考えようが、自分にはあまり関係のないことだ。

私がまだ独身時代だったころ、私はクラシック音楽が好きなので、当時としては随分とぜいたくだとは思ったが、思い切ってある音楽会に行った。今でもよく覚えているが、それはジャン・マルチノンという指揮者がＮＨＫ交響楽団を指揮して、ベルリオーズの幻想交響曲を演奏したのだった。金八百円なりという大金（！）を奮発して聴いたのだが、名演奏でまったく感激してしまった。演奏会が終わって食事のために、きつねうどん十円なりを払って食べた。当時の私は食事に金をかけるのはばかげている、と思っていたので、このようなお金の使い方をしていた。

腹がへっていたので、きつねうどんはおいしかった。周囲を見まわすと、それぞれの人がうまそうにうどんを食べ、その顔は幸福感に満ちているように見えた。そのとき、ふと、この人たちが今味わっている幸福感の八十倍に匹敵する幸福感を自分は幻想交響曲を聴いていたときに感じていただろうか、と思った。なんとなく、お金を食事のために使う人は低級で、芸術などに使うのは高級なように考えていたが、このように考えると、私の周囲の人々の幸福感のせいぜい数倍のものを得るために八十倍のお金を使っている自分が、何だかとてもばからしく思えてきた。八百円も払って音楽を聴くのなど、柄でもないという気がしてきたのである。

私は当時は高校の数学の教師をしていたが、何でも論理的、合理的に考えるのが好きで、この場合も、自分の楽しさをそれに費やした金額で割り算をして、その数値が高いほど効率的に幸福を得たことになると考えたわけである。確かこのころにアメリカの物理学者で政治家のフランクリンの自伝の中で、フランクリンが子どものころに、笛が買いたくて仕方なくなり、小遣いを奮発して買ったものの、後で高すぎる値段で買っていたことを知り、後悔したという話を読んで、なるほどと思ったことも影響しているかもしれない。「幸福だ」と思ってとびつくと、効率の悪いことをしてしまうのだ。

もっとも、この効率計算は、お金だけでなく、自分の費やした時間や労力なども入れこんで割り算をしなくてはならない。そうして点検すると、あまり割に合わないことにとびついて失敗することが少なくなってくる。

これは一応もっともな考えだが、これに縛られてしまうと問題が生じる。そもそも音楽を聴く楽しみとうどんを食べる楽しみとを、同列に並べて比べられるだろうか。

一応、どちらが何倍かなど考えるのも面白かろうが、ほんとうにそう考えはじめると、人間の感じる楽しさや幸福が平板化されてくる。それに「効率、効率」と縛られて生きること自体が人間の心の余裕を奪ってしまって、効率的な幸福を追い求めることで疲れてしまうことにもなるだろう。児童文学の『モモ』には、人々が時間を節約しようとしすぎて、ぎすぎすとした生き方に追いこまれてゆく姿がうまく描かれている。

ある楽しさや幸福感を「かけがえのない」ものと感じるなら、それは「無限大」とも言えるわけで、そうなるとそのために使用するお金や時間の量がどれほど大きくなったとしても、先に述べた効率計算など、まったく問題ではなくなってしまうだろう。

こんなふうに考えてくると、最初に述べた幸福の効率計算も無意味なものになってくる。しかし、一時的には「かけがえのない」と感じることでも、後から考えてみると、それほどでもないこともあり、効率計算のようなさめた目でみることも必要であろう。

儀式

「儀式」というと、どんなことを感じられるだろう。「儀式ばる」などという表現があるが、あまりいい感じのしない言葉である。何だか形式にばかりこだわってしまって内容をともなわない感じがする。それでも「儀式」はやはり大切だと思う人と、退屈で仕方ないと思う人とがあるようだ。

ところで、アメリカ人は儀式が好きなほうかどうか、というと、皆さんどんなイメージをもたれるだろうか。

アメリカ人というと「儀式ばらない」、ざっくばらんな人たちという感じをもつ人が多いと思う。日本人なら何となく儀式ばるところを、さっとやってしまう。そんな不合理な面倒なことはご免という感じである。ところが、最近、アメリカである国際学会に参加した際に「終わりの儀式」をやりますので、と主催グループのアメリカ人が言う。どんなことをするのかなと好奇心をもった。

儀式は簡単で十五分くらいだったが、驚いたことに、それはアメリカ・インディアン（ネイティブ・アメリカン）の儀式によるものであった。天なる父の神だけではなく、地なる母の神にも祈りがささげられた。もちろん、この学会は国際箱庭療法学会といって、人間の心の癒《いや》しのことにかかわるものだから、アメリカでもこんなのは特別と言っていいだろう。それにしても、アメリカでこんなことが行われる、という点でも時代の変化を痛感させられた。

人間は儀式などということをどうしてするのだろう。考えてみると、これほど無駄なことはないとさえ言えるのに。儀式を一番重んじて生きている人たちというと、未開社会の人たちということになるだろう。彼らは儀式なしでは生きてゆけない。近代の「研究者」たちはそれを観察して、何とばかげたことをしているのか、とはじめのうちは考えた。しかし、よくよく考えてみると、それには深い意義があることがわかってきた。

たとえば、人が死ぬ。今まで存在していたものが急に無に帰してしまう。そして、結局は自分もそうなるのだ。いったい人間はどこから来てどこへ行くのだ。なぜ自分は今ここに生きているのか。このような根源的な問いかけに科学は答えを提供してくれない。それでは、死んだ人を送り、自分は生を続けてゆくことを安心して行うにはどうすればいいのだろうか。

親しい人が一堂に集まる。心を合わせて今後も生きてゆこうと思うが、実際には別れて一人ひとりが別に生きてゆかねばならない。そんなときに寂しがらず、新しい意欲とエネルギーをもって、それぞれが自分のところに帰ってゆくのにはどうすればいいのか。頑張ろうと言うだけでは足りないのではないか。

人間は合理的な存在でもあるし、非合理的な存在でもある。この両者をつなぎ、全体として生きてゆくためには、人間は「儀式」ということを必要とする。古来からそのような点で才能のあった人が儀式をつくり出し、長い期間の間に洗練されて形ができあがってくる。そのような儀式によって、人間はまったく不可解な運命の力に耐えて、新しい力を獲得して生きてゆくことができる。そんな点で、未開の人たちの儀式から、近代人も学ぶところが多いと気づいたのである。

ところが「形骸化《けいがいか》した儀式」ほど無意味なものはない、というのも事実である。形だけが残って、そこにはたらくはずの不思議な力が働かない。はじめに、儀式は退屈だとも書いたのはこのためである。儀式の恐ろしいところは、形骸化しやすいという点にある。そのような儀式の無意味さを知り、これまで不可解な運命と考えていたこと——たとえば病とか天変地異など——に対しても科学的に対処する方法を見いだしたので、近代になるほど、人間は儀式を排除しはじめた。

そこで儀式ばらない合理的なアメリカ人などというイメージが出てきたのだが、最近は既に述べたようにそれが変わりつつある。彼らが一時「征服した」とさえ錯覚したアメリカ・インディアンの儀式を借りてさえ、儀式の復活をはかろうとしている。こんなことを考えてくると、自分にとってどれほど「生きた儀式」というものがあるだろう、などと反省してみるのも、自分の幸福を維持してゆく上で必要なのではないか、と思えてくるのである。

何が欲しい

子どもの本が好きで、割に読んでいる。最近、読んだ（見た？）絵本にすばらしいのがあったので、紹介することにしよう。ダニエル・ピンクウォーター作、たにかわしゅんたろう訳『らくがきフルート』（童話屋）という絵本である。実は絵本は絵があってこそ味があるのだが、筋だけで勘弁していただく。

少年のケヴィン・スプーンはすてきなくらしをしている。「すてきな　りょうしん／すてきな　おうち／じぶんの　へやと／じぶんの　おふろ」。それに、テレビ、ビデオ、ステレオ、パソコン、なんでもある。持ち物もブランド商品ばかり。ケヴィン・スプーンは「うんのいいこ」と両親も言っている。

ある日、ケヴィン・スプーンが塀に座っていると、メーソン・ミンツという「ちょいと　えたいのしれないこ」がやってきた。メーソンは「ホー　ケヴィン」とあいさつする。ケヴィンがふつうは「ハイ」とあいさつするのにと言うと、「ホーのほうがひびきがすてきなんさ」とメーソンは答える。

メーソンはしりポケットから妙な笛を出してきて「らくがきフルート」と言う。さえないかっこうだとケヴィンは思ったが、メーソンがそれを吹くと、これまで一度も聴いたことのない、かっこうのいい音楽になる。ケヴィンは「ぼくもひとつほしいな」と言うが、メーソンはそれは古い笛で父親からもらったもので「これっきゃない」と言い、笛を吹き吹き行ってしまう。

ケヴィンは自分のもっているステレオなどと、らくがきフルートの交換を申し込むが、メーソンは首をたてにふらない。「ぼくのものぜんぶ」と言っても駄目。メーソンは「ただほしくないだけ」と言って笛を吹きながら帰ってゆく。さあ大変だ。ケヴィンは両親に「らくがきフルート」をねだり、両親は楽器屋に行き、あらゆる楽器を提供するが、もちろんケヴィンは納得しない。

ケヴィンは困ってメーソンと話し合う。どうしても売らないのなら、「ただでくれ」と言ってみると、メーソンは「うん」とばかり、あっさりとらくがきフルートを手渡した。びっくりしながらケヴィンが「わからないなあ」と不思議がると、メーソンは「おれって、そういうやつなんさ」と帰っていった。

ところが、ケヴィンが吹いても笛はうまく鳴らない。メーソンに教えてくれと頼むと、それはもう自分の笛ではないので吹くのをやめた、と言う。わるいけど「おれって、そういうやつなんさ」とメーソンは言うのだ。

ケヴィンは大分考える。「もし、きみが、らくがきフルートをもっていたら」

「そして、ぼくもらくがきフルートをもってたら、教えてくれる？」とケヴィンが訊《き》くと、メーソンは「うん」と言った。そこで、二人はらくがきフルートを共有することになり、畠《はたけ》に座りこんで、メーソンはケヴィンに笛の吹き方を教える。

仲良く座っている二人の姿から、楽しい笛の音が空に向かって広がってゆくのが、ラストシーンである。

この絵本をもとにして「ほんとうのしあわせ」とか「人は何を必要とするか」などと言うのは、蛇足もいいところである。この絵本を見て私は何となく心楽しくなったが、それで十分である。

ただ少しこだわりを感じたのは「らくがきフルート」と、いう名前であった。原題は「ドゥードゥル　フルート」である。ドゥードゥルはらくがきと言っても、字とか絵のはっきりとしたものではなく、手の動くままに無意味なぐり書きをするときに言う。

それに「フルート」と言うと、日本人は長い横笛を連想するのではなかろうか。絵本に描かれているのは縦で短い面白い笛である。こんなことを考えると「気まま笛」とする方が、感じがでるかなと思ったりする。

「気まま笛」とは言っても、ケヴィンがメーソンに笛をもらって、自分のものだと思って、勝手に吹いてもうまく鳴らなかった。ケヴィンがメーソンと二人で共有しようとすることによって、うまく鳴ったのだから、気ままと言っても、それはむしろ笛の方の「気まま」に、なるのではなかろうか。メーソンはそのあたりのことをよく心得ている。

笛の気持ちにこちらをまかせるのだから「おまかせ笛」にしてはと思ったが、これもおかしい。というわけで、笛の名を考えて、またいろいろ楽しませてもらった。皆さんいい名前を考えてください。

運命の享受

日本人は働きすぎだといって非難されたりするようになった。働きすぎも困るかもしれないが「ものぐさ」も困るのではないだろうか。ところで、グリムの昔話に「ものぐさハインツ」という話がある。面白い話なので、ちょっと紹介してみよう。

独身者のハインツはものぐさで、仕事というと、自分の山羊《やぎ》を毎日牧場へ追って行くことしかなかったのに、それが厄介で仕方なかった。山羊さえいなかったら、いつも寝てさえいられればいいのに、面倒くさいことだ。そこで何とか解決策をというので、あれこれ考えたあげく名案を思いつく。近所のトリイネという娘も山羊を一匹もっているので、彼女と結婚して、彼女が山羊を追って行くときに自分のも一緒にやってくれればいい、というわけで、早速、トリイネの両親に申し込み、トリイネとの結婚に成功する。

トリイネは山羊二匹を追って山へ出かけた。ハインツは喜んでいたが、トリイネもハインツに負けず劣らずのものぐさで、山羊を追ってゆくのは面倒だから、山羊を蜜蜂《みつばち》と交換してはどうかとハインツに提案する。蜜蜂なら番をしなくてもいいから便利、というわけである。ハインツは大いに感心して、トリイネの言うとおり、隣人のところにゆき、山羊と蜜蜂の巣箱とを交換する。

秋になって、ハインツ夫婦は壺いっぱいの蜂蜜を収穫した。彼らは大喜びで、それを棚の上に置いた。トリイネは人間とかネズミとかが盗みに来たら追っ払おうと、寝台の脇に頑丈な棒を置いて寝て、いざとなると、それを振りまわすことにした。

ハインツはトリイネが一人で蜂蜜を全部なめてしまうのではないかと心配になってきた。そこで、むしろ蜂蜜を売って鵞鳥《がちょう》を買おうと言った。トリイネは自分が鵞鳥の番をするのが嫌だから、子どもを産んでその子が鵞鳥の番ができるようになるまでは駄目だと言う。ハインツはもう近ごろの子どもは親の言うことなどきかないと反論（この当時に既に「近ごろの子どもは」と嘆いているところが面白い）。トリイネはそんな親の言うことをきかない子どもは、こうしてやればいいと興奮して、棒で子どもをなぐるまねをして棒を振りまわしているうちに、大切な壺をたたき落としてしまった。

蜂蜜が床に流れ出すのを見て、ハインツが言った。「壺がおれの頭の上へ落っこちなかったのはしあわせだよ。何事も運とあきらめなけりゃいけないもんだ」。そしてかけらのなかに、少し蜂蜜があるのを見て、ほくほくして、トリイネに「この残りかすを、お前、二人でごちそうになろうや。それから、びっくりしたから、しばらくゆっくり休むとしよう」と言う。「そうだとも」とトリイネも喜び、話しはじめる。「カタツムリが結婚式に招待されたが、あまりゆっくり行ったので、先方についたころには、もう子どもが生まれ洗礼式をやっていた。それでも、カタツムリは垣根からころがり落ちながら『せいてはことをしそんじる』と言った」、などと話をして、二人でゆっくりと蜜を食べた。

こうなると、「おみごと!」と言うほかはない。ものぐさもここまでゆくと尊敬に値《あたい》するし、この夫婦はまさにスイートホームをつくっていると言える。とは言っても、われわれがものぐさハインツのように生きるのはなかなか難しいだろうし、自分はそのつもりになっても、トリイネのような素晴らしい(!)奥さんが見つかるかどうかわからない。

この話の根本には、運命の享受ということがある。壺が壊れたときの、ハインツの言葉がそれを表わしている。運命に対して、それと闘うのか、それを受け容れるのか、という判断はなかなか難しい。運命に従ってばかりいては、人間に進歩も向上もない、と主張する人があろうし、運命に対してそれを享受する心境にならないと、人間は幸福になれないと言う人もあるだろう。どちらの考えが正しいかなどとは言えるはずもない。

割り切った言い方をすると、運命と闘う姿勢は、東洋に比べて西洋の方が強いように思われるが、その西洋の昔話にこのようなのがあるのが面白い。昔話には民衆の知恵のようなものがこめられている。表むきの強い姿勢を補償するために、このような話が民衆の間に語りつがれてゆくのだとも考えられる。

私はどうでもいいのですが

いろいろな方が、いろいろな悩みをもって、私のところに相談に来られる。ノイローゼの人であれば、はっきりとした症状をもっておられる。

たとえば、多人数の人の前に出ると赤面するのではないか、と不安になり、そのためにどぎまぎして失敗をしてしまう。別に赤面くらいしてもいいじゃないかと思ったり、実際にはあまり赤面しないのだから、大丈夫と思ったりしようとするが駄目なのである。

このような人の話に耳を傾けて聴いていると、はじめの間は自分の赤面恐怖という症状について嘆いたり、その対策はないかと考えたりするが、そのうちに話題が変わってくる。

そして、自分の同僚のなかに嫌なやつがいる、という話になる。その人は自分の意見をすぐ人に押しつける傾向がある、などと言いながら、「別にそれは彼が好きでやっていることで、私はどうでもいいのですが」と言う。確かに他人のすることにいちいち目くじらを立てて、とやかく言うことはない。「人は人、私は私」なので、彼が何をしようと「私はどうでもいい」わけである。

あるとき、五十代後半の夫婦が相談に来られた。問題は他のことにあったが、たまたま自分たちの息子の恋愛のことに話が移っていった。息子の恋愛の相手が、両親にとってはどうにも気にいらない、というよりは、「絶対反対」と言いたいくらいである。という話に続いて、「民主主義の世の中ですから、あれはあれで、私たちはどうでもいいのですが」と言う。

私はそれを聴いていて、「よく出てくるせりふだ」と思った。確かに他人のすることにいちいち構う必要がないのは、そのとおりである。「私はどうでもいいのですが」という最後の「が」に、何となくひっかかりを感じるときがある。あるいは、一時間の面接の間に、何度もこの言い方を繰り返す人もある。

要するに、ほんとうのところは「どうでもいい」のではなく、ひっかかるからこそ言いたくなってくるわけである。

「私はどうでもいい」と言って、その話を終わりにしようとするが、どうしてもそれをもって終わりにできない気持ちがはたらいているのだ。自分のなかでそのようなはたらきがあるのだったら、無理やり終わりにせず、むしろそこをはじまりとして、「どうでもいい」などと言わずに、それにかかわっていけばどうだろう。

「民主主義の世の中」と言われた人に、私は「民主主義というのは、子どももしたいことをしていいように、親も言いたいことを言うのが、民主主義ではないでしょうか」と申しあげた。別に親が正しいとか子どもが正しいとかではなく、ともかく話し合ってみてこそ、何か意味あることがでてくるのではなかろうか。

自分の意見を押しつけてくる同僚のことを「どうでもいいのですが」と言っていた人は、実際は心にひっかかってきて仕方がない、という事実を認めて、なぜだろうと考えているうちに、自分はおとなしくて、いつも自分の意見など言うこともできないと思っていたのに、「あんがい、私にも同じ傾向があるのかもしれない」、「押しつけがましくなってはいけないと思いすぎて、逆のことをやっているのかな」などということに気がついてきた。

これはなかなかいいことである。そして、このような点に少しずつ気がついてゆくことによって、赤面恐怖という点も克服されてゆくのである。

しかし、それではわざわざなぜ「私はどうでもいいのですが」などと人はよく言うのだろう。それは、もし自分にとって大切なことと考えると、先ほどの例のように、自分の気がつかなかった側面に気づくというような「仕事」をしなくてはならないので、なるべくエネルギーを費やさないように――つまり、端的に言うと逃げる方向に――人間の心ははたらくからではなかろうか。

つぎに考えられることは、あまり考えずに、親が子どもの恋愛にものを言ったり、気に入らぬ同僚にかかわっていったりすると、大変、破壊的で危険な結果を招くこともある。従って、危険防止のために、ついそのような言い方をするとも思われる。

「私はどうでもいいのですが」と、わざわざ言いたくなるときは、慎重によく考えながら、それとかかわることが必要で、その際に必要なエネルギーの出しおしみをしないときにのみ、意味のある結果が得られる、ということになるだろう。

何か大切なもの

エイズの恐ろしさということがあるために、子どもに対する性教育の必要性が最近とみに強調されている。エイズという病の特性を考えると、子どもたちに性に関する事実を教えるのもやむを得ないかとも思うが、これは子どもの教育という点で実に重要な問題をはらんでいることも認識しなくてはならない。

ともかく、性に関する生理的事実を教えることによって、子どもに対する性の「教育」がなされたなどと安易に考えないことである。性ということは人間にとって単に生理の問題だけではない。それは実に深く人間の心の問題と関連している。人間存在の全体とかかわるものなのだ。

林寛子『子ども産みます』（学陽書房）は妊娠・出産、それに育児という女性にとって極めて大切なことを、自らの体験を率直に語りつつ、それに対する考えを述べている。教えられるところの多い書物である。この書物には著者が妊娠をどう受けとめたかという「実感」がつぎのように述べられている。

「自分の中にあるが、自分の物ではない。何か天から降りてきた命を、たまたま自分が預からせてもらっているような感覚。そのありがたさ、豊かさ」。そして「私はたびたび、妊婦にとっての真実ということを考えさせられた。『コウノトリが赤ちゃんを運んできたんだよ』という説明の方が、私の卵子と夫の精子が結びついて……などという科学的事実より、よほどしっくりときた」と述べている。

ここで著者は「事実」と「真実」という言葉の使いわけをしている。「科学的事実」と「妊婦としての真実」とを対比させ、後者の方が自分に「しっくりときた」と言っている。これを読んでいて、私は分析心理学者のユングが、五歳の女の子の性的関心について詳しい報告をした論文のことを思い出した。この少女はなかなか聡明な子で、大人に対する質問や観察によって、子どもが生まれてくる仕組みについて相当に知るようになる。それでも、時に「赤ちゃんはコウノトリが連れてくる」と真顔で言ったりする。

これについてユングが考えたことは、いろいろと事実がわかってきても、五歳の少女の心のなかで一番しっくりくるのは、「コウノトリ理論」だということである。つまり、その子にとっての「真実」としては、コウノトリ理論がぴったりくるのだ。人間は身体的存在であるとともに精神的存在でもある。精神的存在としては、それにふさわしい空想の方が意味をもつことがある。

ここで私は、だから事実は教えない方がいいとか、常に「コウノトリ理論」を学校で教えよなどと主張する気はない。一番強調したいのは性教育の難しさの認識である。クラスで一斉に「科学的事実」を教えたので、性教育は完了したなどと思うと大間違いである。事実を知りながらも、それを「精神」のこととしてどう受けとめるかについて、ずっと考え続けることにこそ意味があるし、もし「教育」をするのだったら、個人個人の納得の仕方について、相当に敏感に感じとりながらすることが必要であろう。つまり「その時、その人」にとっての真実とは何かを考えるべきである。

シャーロット・ゾロトウ文、アニタ・ローベル絵、みらいなな訳『おかあさん』（童話屋）という絵本がある。これは、幼児がお母さんの写真を、赤ちゃんのときから成長して結婚に至るまで順番に見ているところが描かれている。そして、お母さんの姿のところに、「あのね　おかあさんは　わたしに　あう　ひをたのしみに　ずっと　まっていたんですって」とあり、つぎのページは、お母さんに抱かれている赤ちゃんの写真。「そしてね　それから　わたしが　きたの——あかちゃんになって——」で終わりとなる。

これは空想ではなく、すべて事実である。しかし、赤ちゃんが生理的にいかに生まれてくるかという事実に重点を置いているのではなく、お母さんの「いのち」の流れに乗って、「わたしが　きたの」と言える、子どもにとっての真実の方に重点がおかれている。

林寛子は、コウノトリが赤ちゃんを運んできたというのを嘘だと言ってしまうと、「何か大切なものが見失われてしまうのではないだろうか」と言っている。われわれはその「何か大切なもの」を子どもに伝えられる性教育を考えねばならない。

人生の味

ものが豊かになった。子どものころをふり返ってみると、食事がぜいたくになったことに驚いてしまう。私が子どもだったころは、ライスカレー、親子丼、すしなどは大変な御馳走であった。こんなのを昼食に食べることなど考えもつかなかった。田舎に育ったので、ハムと称するものをひと切れ食べて、何とうまいものかと感激したことなど忘れることができない。

現在はまさに飽食の時代である。世界中の珍味、美味が町中にあふれていると言っていいだろう。「グルメ」志向の人たちが、あちらこちらのレストランをまわって味比べをしている。昔の父親は妻子に「不自由なく食わせてやっている」というだけで威張っていたものだが、今ではそれだけでは父親の役割を果たしている、とは言えなくなってきた。

こんなわけで、日本中のすべての人たちがおいしいものを食べているのかと思うが、事実はそうでもないらしい。つぎのような印象的な話を聞いた。ユニークな学校の先生方との対話を「飛ぶ教室」という雑誌に連載しているが、その最新号（49号）で、不登校の子どもの全寮制高等学校「生野学園」の村山實校長先生と対話した。そのときに、村山先生がそこの生徒は食物の味のわからない子が多いと言われる。経済状態は豊かでも「食生活は貧困です」とのことである。

ここで食生活が貧困だと言うのは、栄養が悪いという意味ではない。心のこもった味わいのある食事を食べる機会が少ない、ということなのである。つまり、親として栄養には心がけているにしても、微妙な味のために、心を使う、時間を使うということがなされていない。もちろんレストランに連れて行ってもらったりもしているのだが、いうなればこれぞ「わが家の味」というような味わいを体験していないのである。

そこで、村山校長先生が考えられたことは、この子どもたちの教育には厨房《ちゆうぼう》係の人が非常に大切だということであった。先生は適任と思える人を探して無理に来てもらったが、それが大成功であったと言う。厨房係の人は一人ひとりの子どもの食事の食べっぷりをよく見ていて、その子の状態についていろいろと考える。せっかくおいしい料理をつくっても、そんなのを見向きもせず、漬物とお茶漬けだけですます子、食べるのは全部食べるが、「味わう」ということを全然しなくて、ともかく早く食べてしまおうとする子。

これらの子どもに対して、食事をおいしく食べてもらうにはどうすればいいのか。同じ食事でも温度が違うだけでも味は変わってくることなどの、微妙な味わいを知ってもらうにはどうすればいいのか。校長先生はついに、食事がどれほど「教育」にとって重要であるかを認識して、職員会議には厨房の人も参加してもらうことにした。あの子は数学が不得意だとか、勉強に集中力がない、などという話題と同等に、あの子は食欲がない、がつがつと食べるだけで味わうことをしない、などということが職員会議で取りあげられる。

職員一同のきめの細かい配慮のなかで、子どもたちが食事をちゃんと味わって食べるようになると、相当に強くなって実際に登校したり、社会に出たりするような力をつけてくる、とのことである。私はこの話を聞いて感心してしまった。職員会議に厨房の人たちが参加するところは素晴らしい。この学校のよさを端的に示している。

ところで、この話は不登校などということを超えて、現代に生きるわれわれすべてに対して、反省すべき点を提示していると思われる。ものが豊かになったために、われわれはなるべく多くとか、なるべく早くとかいう考えにとらわれてしまって、すべてが「大味」になり、心のこまやかさを忘れてしまって、ものごとを落ち着いて味わうことを忘れてしまっていないだろうか。飽食というのは量に関することであって、心のこもった味という点では、むしろ貧困になってはいないだろうか。

このように考えると、これは食事の味だけではなく「人生の味」という点にまで拡大して、われわれの生き方を全体的に検討するべきだとさえ思われてくる。遠い外国へ行った、たくさんの人と会ったなどと量的に計れることだけを頼りにしていて、人生の微妙な味わいを忘れてしまってはいないかを反省するべきである。

河を渡る

ローラ・インガルス・ワイルダー作、恩地三保子訳『大草原の小さな家』（福音館書店）は有名な作品で、お読みになった方も多いことと思う。私は子どもの本は割によく読んでいるのだが、あまりポピュラーなものはかえって読み落としているものである。おそまきながら『大草原の小さな家』を読み、さすがに名作と言われるだけのことはある、と感心した。アメリカのテレビでは人気番組で、何度も繰り返し放映されている。西部開拓のころのある家族の物語であるが、これが現在もアメリカで人気があるということがよくわかる。「家族」ということを考え直す機会を与えてくれるのである。

この家族は新しい天地を求めて、一家をあげて幌《ほろ》馬車に乗って移動する。そのなかで、馬車でクリークを渡るところが、なかなか感動的である。クリークといっても日本で言えば大きい河である。父親が御者《ぎよしや》台に乗り、母親と子どもたちは幌を固く縛った馬車のなかで身を寄せ合っている。家族の一員と言っていいほどの犬は、自力で泳ぎ馬車を追ってくる。ところが、河は思いのほかに深く、馬の足が立たなくなる。

父親は母親に御者台に乗れと言い、自分は河に飛び込み、泳いでいる馬の鼻づらを取って誘導する。母親もすかさず、子どもたちに静かにしていなさい、と命じて御者台に移動する。息も詰まるほどの緊迫感のうちに、とうとう馬の足が河底につくほどになり、やっとのことで対岸につくことができる。この間に、小さい子どもたちは恐怖で泣き叫んだり、騒いだりしたい気持ちを抑え、赤ん坊が怖がらないようにと抱きしめている。河を渡り切ったときの喜びも大きかったが、愛犬がいなくなったことを知って、一同は悲しみのなかに突き落とされる。それでも彼らは前進を続けねばならない（実は、犬は後から現われ、一同感激の対面をする）。

こんなのを読んでいると、大きい困難に直面し、家族が力を合わせてそれと戦っていく姿が浮かんできて、感激してしまう。しかし、ここで現在のわれわれの人生について考えてみるとどうなるだろう。実はわれわれの人生においても「一家をあげて河を渡る」努力をしなくてはならぬときが、以前と同じようにあるのではないか、と思われる。たとえば、父親が単身赴任しなくてはならなくなったとき、子どもの就職や結婚のとき、このように目に見える形をとらないにしても、たとえば、母親が更年期を迎えたり、子どもが思春期を迎えたりするとき、内面的には「大きい河を渡る」体験をしなくてはならないし、そのときは家をあげての協力を必要とすることもあろう。

ただ残念ながら、このような現在の「河を渡る」仕事は、本人にも周囲にも自覚されていないことが多い。『大草原の小さな家』を喜んで見る人が多いのは、このように自然との接触が密な生活においては、家族が力を合わせざるを得ないことや、そのときは各人の努力する姿がはっきりと「目に見える」からである。

だから「昔はよかった」などと言ってもはじまらない。『大草原の小さな家』を読むと、子どもたちがクリスマスのプレゼントにコーヒーカップをもらって喜ぶところがある。これを見てもわかるように、現在、われわれは当時とは比べものにならないほど、物質的に豊かで便利な生活をしている。これを全部捨てて昔の生活に返ることは不可能であろう。いまさら幌馬車に乗って旅行をすることもできない。

ここで『大草原の小さな家』を単にノスタルジアとして懐かしんだりするのではなく、現在のことを考えてみる必要があると思う。それは人生において「一家をあげて河を渡る」ときをいかにして認識し、それに対処するかを考えることではなかろうか。

現在における「河を渡る」契機として、結婚や就職などをあげたが、実際には、それは「子どもが学校に行かなくなる」、「母親が交通事故にあった」、「父親が重い病気になった」などの、いわゆる「不幸」な出来事として現われてくることが多いように思う。そのときに、家族全体が「河を渡る」決意と努力をすることによって、そこから新しい生き方が生まれてくるだろう。河を渡る苦労をせずに新天地が開かれることはないのだ。

満ち足りた人生

「満ち足りた人生」というのは、人間にとっての一つの理想像であろう。何も不足はない、いつも満ち足りた気持ちで一生を過ごせたら、それは幸福そのものなのではなかろうか。といっても、実際にはそんな生活はあるのだろうか。あるいは、どうすればそれを手に入れられるだろう。

このようなことを考えるとき、私は昔話のなかに適当なものがないか、と探してみる。昔話は長い間にわたって人々が口伝えにして保持してきたものだけあって、一見荒唐無稽《こうとうむけい》に見えても、なかなかの「民衆の知恵」のようなものを内包していることが多い。そんなわけで、いろいろと昔話を読んでいると、いいのが見つかった。イタロ・カルヴィーノ作、河島英昭編訳『イタリア民話集』（岩波文庫）のなかに「満ち足りた男のシャツ」というのがあった。その話をまず紹介しよう。

ある王様の一粒種《ひとつぶだね》の王子は、いつも満たされぬ心をかかえて、一日中ぼんやりと遠くを見つめていた。王様は息子のためにいろんなことをしてみたが駄目だった。王様は学者たちに相談した。学者たちは「完全に満ち足りた心の男を探し出して、その男のシャツと王子様のシャツを取りかえるとよろしい」と忠告してくれた。

　王様はお触《ふ》れを出して、「心の満ち足りた男」を探させた。そこへ一人の神父が連れて来られ、「心が満ち足りている」と言った。王様は「そういうことなら大司教にしてやろう」と言うと、神父は「ああ、願ってもないことです」と喜んだので、王様は「今よりもよくなりたがるような人間は満ち足りていない」と、追い払ってしまった。王様もなかなかの知恵ものである。

　つぎに近くの国の王様が「まったく満ち足りた」生活をしている、というので、使節を送った。ところがその王様は「わたしの身に欠けるものは何一つない。それなのにすべてのものを残して死なねばならぬとは残念で夜も眠れない」と言うので、これも駄目ということになる。

　王様はある日、狩りに出かけ、野原で歌を歌っている男の声があまりに満ち足りていたので話しかけてみる。王様が都会へ来ると厚くもてなすぞ、などと言うが、若者は「今のままで結構です。今のままで満足です」と言う。王様は大喜びだ。ついに目指す男を見つけたので、これで王子も助かると思い、若者のシャツを脱がせようとしたが、「王様の手が止まって、力なく両腕を垂《た》れた。男はシャツを着ていなかった」。

これでお話は終わりである。皆さんはこの話をどう思われますか。昔話は読んだ人がそれぞれ好きなことを考えればいいので、別にそこに「正しい答え」があったりするわけではない。つまらないと思う人は、ほうっておけばいい。

この話は、私には結構面白かった。満ち足りた男というので、まず聖職者が現われ、それも結構世俗的な出世欲をもっていることがばれてしまう。つぎに、何でもかでももっている王様が候補者になるが、「死」を恐れているために「満ち足りた」気持ちになれない。最後のところで、何も持たない、シャツさえ着ていない男が「満ち足りた男」として登場する。「満ち足りる」というときに、すぐわれわれが考えるのは、何か手に入れることの方だが、むしろ、何も持たない者こそ満ち足りていることを示す点が心憎い。人生には面白いパラドックスがあって、昔話はそのようなことを語るのに向いているようだ。

男のシャツを譲り受けようとしても駄目だったことは、ほんとうに「満ち足りた生き方」などというのは他人からの借りもので、できるはずがないことを示していると思われる。これさえあれば、息子は幸福になると喜んだ王様が、相手が裸と知って落胆するところが印象的である。考えてみると、息子に満ち足りた生活をさせようと父親がやたらに熱心になる、という出発点から違っていたのかもしれない。

満ち足りた生き方をするためには、ものをもたない方がいいとばかり、もっているものをどんどん捨てていくのも一つの生き方だが、最初から「満ち足りた人生」など狙わず、少しずつ手に入ったものを楽しむ、という生き方もあるだろう。

親子関係

アメリカに来て、いろいろと日本とは異なる状況に接するので、それを一種の「鏡」として、日本のことについて新たに考えさせられることが多い。今回は特に親子関係の在り方について考えさせられたことを述べてみたい。そんなに統計的なことを調べたりした上のことではなく、あくまで私の個人的体験を基にしてのことなので、その点を配慮しながら読んでいただきたい。

日本とアメリカと、どちらの親子関係が密接かなどということは簡単には言えないようだ。プリンストン大学に居るのだが、学生と話をしていると、休暇には「家族に久しぶりに会えるのでうれしい」とか、「休暇中の楽しみは家族と旅行をすること」とか言うのを聞くと、日本の学生とは違うなと思う。日本でこんなことを言うと、「親から自立していない」と思われるのではなかろうか。むしろ、「親と旅行などまっぴら御免」という学生の方が多いのではなかろうか。

ここからすぐに、アメリカの方が日本より親子関係が密接などと言えないのはもちろんだ。たとえば、最近、日本にも生じてきたが、親による子どもの虐待の数などは、圧倒的にアメリカの方が多いし、ホームレスの子どもなどもアメリカの方が多い。

どちらが密接などというよりは、やはり質的な差に注目した方がいいと私は思っている。日本ではまだまだ親子の一体感のような感情に重きをおいているのに対して、アメリカは個対個の人間関係を親子関係の場合も重要と考えている。したがって、子どもを個人として育てることに早くから心を遣《つか》ってしつけをする。このようなしつけの厳しさを、日本人で、知らない人が多い。

日本の学生は「親など関係ない」と思って生きているのが自立かもしれないが、こちらに来て日本の「情けない学生」のことをいろいろ聞かされて残念に思っている。プリンストンではさすがにあまりそんな話を聞かないが、アメリカの人たちに言わせると、日本の学生のしつけはどうなっているのかということになる。

学生が親から余計なお金をもらいすぎて、ぜいたくするのが多い。こちらでは、家に財産があっても、子どもの遊びのために、それほどホイホイとお金を使わない。ところが、日本人は衣服や車や、その他ぜいたくなことに親が子どものためにどんどんお金を使うのが理解できない、というのである。

ところでアメリカの親子は個人的関係が強いので、養子をもらう人があんがい多いので驚かされる。日本人のように血のつながりを基にした何とも言えぬ一体感を、ほとんど感じないと言っていいほどなので、たとえ自分の子どもがいても、その上に養子をもらってもうまくいっている。

こんな例に接すると、アメリカ人の親子関係は素晴らしいと感心してしまう。しかし、何でも行きすぎというのはあるもので、「うちは男一人だから、女の子も一人あるといいだろう」という調子で、女の子を一人、アジアの国で捨てられた子を養子にもらう。ところが、しばらくして「こんな子どもは仕方がない」、「育てられない」と養護施設に返してしまう、などということもある。

あんまり安易に養子を考えるので、その不幸な子が東洋人的な甘えを見せても気づかず、「しつけに従わない悪い子」ということになり、果ては「感情を外に出せない子」などということになる。

このような例に接すると、人ごとながら腹が立ってくる。ところが、このような子が施設でももてあまされ、私たちの仲間の箱庭療法の治療者のところに来て、実父母からも養父母からも見放されながら、自分自身の力で立ち直っていく――と言っても、もちろん容易なことではないが――のを見ていると、その子の素晴らしさに感心しつつ、「親はなくとも子は育つ」と思わせられたりする。

もっとも、この際、深い意味で親代わりとなった治療者と巡り合ったから、このような回復が可能だったわけで、さもなければ、言いしれぬ不幸な生活を、この子は体験しなくてはならなかったことだろう。

このような事例の報告を聞きながら、子どもは何も知らずに生まれてくるのだから、大事に育ててやりたいものだと思う。そして、その「大事に育てる」方法に、日本流とアメリカ流のバランスをよく考えねばならぬ時代なのだと思わされる。

子どもの幸福

自分の子どもの幸福を願う人は多い。子どもの幸福のためとあらば、自分の幸福は犠牲にしてもいい、とさえ思っている人は日本に多いと思われる。またそのようなことを実行した「美談」もたくさんある。子どもの幸福を見定めるまでは「死ぬに死ねない」などと言われる人もある。

子どもの幸福を願う親の気持ちや、その努力には頭の下がる思いがするが、どうも見当違いではないか、と言わざるを得ないときがある。例えばこんなことがあった。

学校に行かない中学生の子どもを持った父親が、「今の子どもはぜいたくだ」と嘆く。自分は家が貧乏だったので、小学校卒業後は勉強させてもらえなかった。そこで働きながら「苦学」を重ね、とうとう今日のようになった。今では小さいながらも会社を経営するまでになったが、それまでに学歴のためにどれほど苦労したかわからない。そこで、子どもにはそんな苦労をさせたくないと思い、塾にも通わせ、家庭教師をつけて、中学校も「よい」私立校に行けるようにしてやった。

親がここまで何もかもしてやっているのに、学校に行かず怠けているのは「ぜいたく」だ、というわけである。

この父親はもちろん子どもの幸福を願い、自分が子どもだったころのような不幸を味わわせないようにと配慮してきた。しかし、子ども自身の立場になってみると、お金がなくて「苦労」しているのと、自分の意思でもないのに塾に行かされ、家庭教師つきで勉強させられるのと、どちらが「幸福」か、にわかに断定できないのではなかろうか。「自分の意思」を生かされているかどうかに注目するならば、後者の方が不幸といえるのではなかろうか。

「子どもの幸福」を願っている、という親は、ほんとうに子どもの立場から見ての幸福を願っているか、親が「子どもの幸福」と考えることを勝手につくりだし、子どもが「幸福」だと信じることで、自らが安心したがっているのではないか、と考えてみる必要がある。子どもの苦労を見るのが苦しいので、それを避けようとしていることも多いのではなかろうか。

最近、中堅のビジネスマンの人々が、私の本など「心」に関するものをよく読みはじめたとのことである。以前は仕事に忙しくて、そんな読書などしておれなかったのだろうけれど、それにしてもなぜ心の問題などをと疑問に思った。説明をしてくれた人によれば、これまでは一流大学を出て一流企業に勤めることが「将来の幸福」を約束されることだと考えていたので、自分の子どもたちにもその道を歩ませようとしてきたが、自分の今置かれている状態を考えると、そんな単純なことは言えないことがわかってきた。とすると、自分の子どもたちのほんとうの幸福を考えるには、どのような方法があるのか、その手がかりを何とかして得たいと、本を読むのだ、とのことであった。

わが国のビジネスマンたちが「一流病」の害について気づきはじめられたのは、いいことである。一流大学を出て一流企業に勤めることが「将来の幸福」につながるなどというのではない。それどころか、そのために不幸になったたくさんの人に、私はお会いしてきた。「一流」という重荷が本人の個性や意欲を殺してしまうからである。別に「一流」が悪いのではない。皆の考える「一流」ということが基準になってしまって、その人が個人として考え、望むことがつぶされてしまうところに問題がある、と言うべきである。

子どものほんとうの幸福を願うのには、どうすればいいだろう。もし、そうしたいのならば、「子どもの幸福」という名によって、親の安心や幸福を支えてもらおうとしていないかを、まず考えるべきである。

どう考えても「子どもの幸福」以外に自分の幸福を考えられない人は、それでいいが、「子どもの幸福」のためと言っても結局は自分のためにしているのだから、あまり威張ったり、押しつけたりしない方がいいだろう。

「子どもの幸福」の一番大切なことは、子ども自身がそれを獲得するものだ、ということである。とは言っても、それを「見守る」ことは、何やかやと子どものためにおせっかい焼きをするよりも、はるかに心のエネルギーのいるものである。

なぜ、私だけが

いろいろと相談を受けているなかで、「なぜ、私だけがこんなに苦しまねばならないのか」と嘆く人は多い。ほとんどの人がこのような言葉を一度は口にされると言っていいかもしれない。他の人が幸福そうに、あるいは無事に生きているのに、なぜ、自分だけがこのような不幸や災難に巻き込まれねばならないのか。考えてみても答えは出てこない。ともかくそれは理不尽である。そう思うと苦しみや悲しみが倍加されてくる。

苦しいときでも理由がわかっているときは、納得できる。自分の不注意で交通事故を起こしたときは、つらいことではあるが、自分が悪かったのだからと納得して、罰金を払う。あるいは、他の人も自分と同じ苦しみを味わっていると知っている場合も耐えやすい。例えば、地震とか洪水などで、たくさんの人が被災したとき、苦しいことは苦しいが、多くの人が苦しみを共にしているということで、少なくとも心理的には耐えやすい。

自分だけが苦しんでいるときに、他の人はその道を楽しんでいるとか、喜んでいるとかわかるときは、苦しみがますますひどくなる。

三人姉妹の末娘。姉の二人は会った人がはっとするほどの美貌であるのに、自分だけはどうしたわけか、十人並みとも言い難い。同じ親から生まれてどうしてなのか。ひょっとして親が違うのではないか、と思ったりもするが、よく見ると自分は父にも母にも似たところがある。姉たちも親に似てはいるのだが、美人かどうかというところで決定的に異なる。自分は何の責任もないのに、幼いころから、人々の自分たち姉妹に接する態度に明らかに差があるのを感じる。姉のところには人があつまりちやほやされるのに、自分はときには冷やかしの対象になったりする。

話を聴いていても同情を禁じ得ないときがある。「なぜ、こんなにいい人が」とこちらも思ってしまう。こんなに気だてがよくて、正しく生きてきた人に、どうしてこれほど不運なことが襲いかかるのか。それも一度ではなく、二度も三度も、というときがある。このような話を聴き、深く同情する気持ちをもちながら、へこたれることもなく、私はずっとその話を聴いている。そして、嘆きが続くのなら一年でも二年でもそれをできる限り、そらすことなく、まっすぐに受けとめようとする。外見的には、それはその人の苦悩や不幸の深さを感じていないのではないか、と思われるほどである。

なぜ、そんなことをするのか。話を聴いて、それに対する慰めや解決法などを与えることができないのに、どうして話を聴き続けようとするのか。そこにはいろいろの答えがある。しかし、私はまず思うのはどんな不幸であるにしろ「私だけが」と言えるのは素晴らしいと思うからである。

現代は個性が大切といわれる。「個性を伸ばそう」などという言葉は日本中の学校や会社に行けば聞くことができる。しかし、実際は自分の「個性とは何か」と考えても、なかなかわからないものである。とすると、内容はどんなことであれ、「私だけが」と言えるとは、大したことである。つまり、「なぜ、私だけが不幸なのか」という問いは、個性発見への切り口を提供している。それならば、その切り口をもっと広げ、そこから見いだされてくるものに、いかに苦しくても、注目してゆこうではないか。私はこんなふうに考えるのである。

「平等」ということは、現代人が非常に大切にしていることである。同じく人間として生きてきたものが、できる限り平等であるように努力しよう。このような考えに立って、われわれは生きているし、これからもそうしてゆくだろう。人間の平等への努力を評価しつつ、それが平板化したり、脱個性になってゆかないように、神様は人間の運命に対しては、途方もない不平等を与えているのかもしれない。神から与えられた不平等と、人間の平等への努力がぶち当たって、散った火花のなかに、その人だけと言える個性が輝くのではないだろうか。

私がお会いした人たちが、本当に気の毒としか言いようのない不運、不幸に見舞われながら、確かに長い年月や深い苦しみを必要とはしたが、それぞれの個性の輝きを見いだしていかれたのには頭の下がる思いがする。もっとも飛び散る火花で、私の方は何度も火傷《やけど》を負いそうにもなったが。

竜退治

ヨーロッパを旅して、プラハ郊外にあるコノピシュテ城を訪ねた。オーストリアのフランツ・フェルディナンド大公が狩りのための居城として使っていたものである。フェルディナンドの暗殺が第一次世界大戦のきっかけとなったので、その名を記憶しておられる人も多いことだろう。フェルディナンドは狩りが好きで、一生の間に三十万頭の獲物を殺したといわれている。

コノピシュテ城に行くと、フェルディナンドが狩りをした動物の角や頭などが所狭しと飾られている。彼の狩り好きは熱狂的で、外国に出て象や虎《とら》などを撃ち、ときには兎《うさぎ》まで撃って、それらを丹念に記録している。そのために三十万頭などという数もわかるわけである。狩りに用いた武器に対する関心から、多くの武器の収集もしている。王様というものがいかにお金と時間をもて余していたか、を示す標本のようである。その彼が結局は銃弾によって倒れることになるのも不思議といえば不思議に感じられる。たくさんの動物を殺したうえに、自らも銃弾によって死ぬ一生を、幸福だったのかどうかという視点で考えてみるのも興味あることだろうが、今回はほかのことを書いてみたい。

フェルディナンドの収集品として、聖ジョージの像や絵画がある。聖ジョージは竜を退治して美しい女性を救った英雄である。どのあたりに起源があるかわからないほどの古い話で、実はキリスト教会によって正式に聖者として認められていないのだが、西洋人の実に好きな話である。フェルディナンドも強い関心があったのだろう。それでこのような収集をしたものと思われる。相当数のコレクションである。これにも圧倒された。

この竜退治の話を、ユング派の分析家ノイマンは、西洋における自我の確立の過程を象徴的に示すものと解釈した。これまでよく紹介しているのでご存じの方も多いと思うが、簡単に繰り返してみる。ノイマンによると、聖ジョージという英雄は自我を表わし、竜はその自我の自立を阻《はば》もうとする母性を表わしている。

従って、西洋人の自我は象徴的な「母殺し」をすることによって確立され、その自我が世界から切れてしまって孤立することのないように、そこに新しい女性を救出して関係を回復する、と考えられる。

ここで大切なことは、この「母殺し」はあくまで象徴的に内的経験として体験しなくてはならないことである。これはなかなか大変なことなので、多くの子どもが内的にするべき体験を外的にやってしまう。つまり、母親に対して暴力を振るったりするのが、そのような例として考えられる。内的に本当に「母殺し」を体験した人は、むしろ自分の母親に対しては、人間と人間として親しくつき合ってゆける、とノイマンは考える。実際に、母親に対して暴力を振るうことはないにしても、無用に反抗したり、拒否したりしている人を見ると、自我の弱い人であることがわかる。

日本はもともと母性の強い国で、母性のよい面ばかりが強調されてきたが、欧米との関係が深くなってきて、「自立」ということが評価されてくるにつれて、母性の持つ否定的な面も意識されるようになってきた。そこで日本においても象徴的な「母殺し」の重要さが認識されてきたのだが、この問題は非常に難しいことである。

このことを考えはじめると、簡単に結論を言えない気がするが、ここで強調したいことは、ともかくヨーロッパ人の聖ジョージに対する気持ちの入れ込みの強さを実感して、これは容易なことではないぞ、と感じさせられたことである。恐らく、フェルディナンドが三十万頭もの動物を殺したのは、自分を聖ジョージに、動物を竜になぞらえてのことだと思われる。だからこそ、殺す度《たび》に記録をしたり、その角や頭などを部屋いっぱいに飾ることもできたのであろう。日本人にはまねのできないことである。

「容易なことではない」と言ったのは、もし日本人が欧米人のまねをするにしても、これだけのものすごい情熱を「母殺し」に注《そそ》げるか、ということでもあるし、もし日本人が欧米人と異なる道を歩むにしても、これだけの強さを持った欧米人とまともにつき合うということは、「容易なことではない」と思ったのである。

わたしとはだれか

京都市教育委員会のカウンセリング室の企画で、私は今もときどき、現場の先生方と直接に話し合う機会があり、嬉しく思っている。最近お聞きした話があまり素晴らしかったので、ここに紹介させていただくことにした。

実は小学校のある国語の教科書に拙文が載っている。「わたしとはだれか」というのだが、小学校六年生には難しいのではなかろうかと著者として、危惧《きぐ》しつつも、思い切って採用に同意した。現場の先生からは、「あれは教えるのが難しい」と言われるかと思うと、国語の教科書のなかで「あの文は忘れられない」と子どもが言っていました、と母親から報告を受けたり、私としても「大切なことではあるが、小学生にはやはり難しいかな」と思っている文である。

ところで、京都市の日野小学校の西寺みどり先生は、「わたしとはだれか」、「自分自身を見つめて」と抽象的な言葉を並べるのではなく、子ども一人ひとりが「わたしとは　だれか」というアルバムをつくることを思いつかれた。まず子どもの写真を先生が撮って、それを子どもたちが自分のアルバムに貼っていく。そして、「あなたの生まれたとき」という欄には親が子どもの生まれたときの思い出を書くことになっている。

それを読むと、子どもの生まれたときの感動がそのまま伝わってくるようなのもある。親が子どもにそのような話をしていないところもあんがいあるようで、子どもは自分がこの世に生まれ出てきたときのことを知って、心を打たれているようだ、とのこと。「名前の由来」という欄もあって、どうして子どもにそんな名前をつけたのか、親がその由来を書くところもある。

あるページには、子どもの顔の写真があって、その周囲に、クラスの子どもたちが、その子について、「算数がよくできるわ」とか「下級生に親切だね」とか、思い思いに書き込んでいる。自分を取りまく同級生の言葉によって、「わたしとはだれか」という問いに対する答えがおのずから浮かんでくる。

ここに「アルバム」という表現をしたが、これは実は画用紙を二つに折り、それに前記のようなことが書かれ、それを貼り合わせてゆくことによって、子どもたちの手で自分の「アルバム」ができるようになっている。そしてそれをつくってゆく過程で、他とかけがえのない、この世の中の唯一の存在としての「わたし」ということの自覚が生まれてくるのである。

この試みは子どもたちのみならず、両親にも大いに喜ばれ、先生と子どもと親との相互関係が、この一冊のアルバムによって随分とよくなったそうである。これを見ていると、子どもも親も何となく嬉しくなってくるのだ。

もちろん、よいことばかりではない。写真を撮ろうとすると、そっぽを向く子もいる。「子どもの生まれたとき」のことをどの親も書いてくれるだろうか、という先生の心配もある。母親と別れて暮らしている子もある。そんな家庭の父親の文に、先生も涙が出るほどの感激を味わったり、アルバムづくりに反発していた子が、クラスメートの書いてくれた文を見て、ぐっと心を惹《ひ》かれて熱心になってくる話など、いろいろな苦労話を聞いていると、大変だなあと思いつつも、やはり素晴らしい仕事だと感嘆させられる。

このような仕事を通じて、子どもは子どもなりに「わたし」という人間を発見してゆくし、先生の方もクラスの子どもたちをひとまとめに見るのではなく、一人ひとりの個性を感じとってゆくことができる。子どもは自分に向けられた先生や親のまなざしを感じ、そこに期待や温かさを感じとって自分を大切にしようと思う。

西寺先生のこのような試みにヒントを得て、小学一年生を担任している他の先生方がもちろん「わたしとはだれか」などと難しいことを言わずに、一年生としての思い出をアルバムに残してゆくこと――これは一年生なので親の協力もだいぶ必要だが――をされると、これもやはり親にも子どもにも喜ばれ、家庭の中に楽しい話題を提供することになったとのことである。他の先生のまねをそのまますするのではなく、それをヒントとして、自分なりの工夫をこらしてゆかれるところがいい。このような先生方がおられる限り、日本の教育も信頼できる、とつくづく思った。

易行と難行

先日、国際日本文化研究センターで「日本研究　京都会議」というのが一週間にわたって開かれ、日本文化や日本のいろいろな側面について研究している人が世界から集まってきて、盛大な学術研究会が行われた。ここでは、日本人のものの考え方、生き方などが他文化と比較されつつ明らかにされ、自分自身の生き方を考える上においても、随分と役に立つことが話し合われた。

そのなかで、日本人の「型」という点について討論があり、そこで国立民族学博物館の熊倉功夫《いさお》教授が、次のような興味深い発表をされた。それは日本のお茶、お花などの家元制度についていろいろと批判もあるが、そのよい面を取り出すと、ちゃんと教えられた通りの「型」を守って続けていると、だれでもそれができるようになるし、位も上がっていく、というところである。才能とか素質などと難しいことを言わず、だれでも平等にはじめることができる。それは従って

「易行《いぎょう》」（やさしい行い）と呼んでいいのではないか、と言うわけである。もちろん、そこを抜け出て達人とか名人とかいうことになると、話は別であるが、その点は今回は触れないことにしておこう。

西洋の舞踊のバレエにもちゃんとした「型」があると言ってもいい。しかし、その型を順番に習得してゆくのは「だれにでも」できる、というものではない。練習の厳しさに耐えてそれをマスターしてゆくためには、相当な素質がないと駄目であろう。従って、バレエの踊り手は若くても素質があればプリマバレリーナになれるけれど、長い間練習を積んでもその他大勢ということもある。それに対して、日本の「易行」はだれでもやれるし、長い間している人が上と言えるところがある。

日本人が伝統的にもってきた、このような「易行」のイメージと方法は、日本人に多くの楽しみをもたらしてきたことは評価すべきである。このような工夫のおかげで、他の文化と比べて、日本の文化では実に多くの人々が何らかの芸や芸道を楽しむことができるようになっている。謡《うたい》とか仕舞《しまい》とか、俳句などもこれに当てはめていいだろう。

ところが、問題はこのような方法が西洋から日本にもたらされたものにも、そのまま通じると思い込むところにあるようだ。西洋の文化は個人差の存在を前提として出発している。各人は自分の個性に適したところで活躍すべきだと考えているので、だれでも平等にできる方法など考えられない。「才能ある人」「素質のある人」がそれを鍛《きた》えて伸びてゆき、競争によって成長してゆく。そこで、各人は自分の進むべき道を自ら選び、競争に勝ち抜くためには、自分にふさわしい生き方を探し出してゆかねばならない。これは熊倉さんの言う「易行」に比べると、実に「難行」であるというべきだろう。

ところが日本人は西洋から輸入した学問やスポーツなどの習得においても、日本式「易行」を適用しようとする。つまり、勉強でもスポーツでもだれでも平等に、しっかりと続けてやっておればできるはずだと思ってしまう。従って、勉強でもスポーツでもできない者は「怠け者」であり、もっと「頑張れ」ということになる。このために、「易行」のはずが「苦行」になってしまう。そして、苦行の果てに日本式のあきらめが来て終わりになる。

日本人も大分長く西洋に接してきたので、このような、易行→あきらめ、のパターンから脱却することを考えてみてはどうだろう。それには、自分が今やろうとしていることの性質を考えてみることが、まず大切である。易行→苦行→悟り、というのもあるかもしれない。日本的な趣味の世界にうまく遊ぶ人は、易行→楽しみ、の道に進んでゆくのかもしれない。

しかし、西洋流の学問やスポーツなどをするのだったら、何のためにどれほどのことをなぜ「私」はするのか、ということをよく考えてみる必要があるのではなかろうか。さもなければ、テニスを楽しむつもりだったのに先輩に「型」の習得という「易行」を強いられて苦しむだけ、などというばかなことが生じてくる。易行も結構だが、自分の個性ということを見いだす「難行」に挑戦することもこれからは必要になると思われる。

我を忘れる

「我を忘れる」という表現がある。自分のことを忘れる、というのだから変な感じがするが、考えてみるとなかなかうまい表現だなと思う。映画などを見ていると、知らぬ間に主人公に同一化してしまって、主人公が苦境に立つと、こちらも胸が苦しくなったり、知らぬ間に手を握りしめていて、汗ばんできたりする。それは別に映画の話であって、自分はいすに座ってそれを見ているのだから、何のことはない、と言えばそれまでだが、そんな観客としての自分のことは忘れてしまっているのだ。

子ども劇場の仕事をしている人たちと雑談していると、面白いことを聞かせていただいた。最近の子どもたちは、劇を見ていても、それに入り込まずに、なんのかんのと言って、やじで劇の流れを止めようとする。ピストルを見ると、「あんなのおもちゃだ」と言う。人が死んでも「死ぬまねをしているだけ」と叫ぶ。悲しい場面のときに、妙な冗談を言って笑わせる。要するに、「クライマックスに達してゆくのを、何とかして妨害しようとしている」としか思えない。こうなると劇をする人も非常に演じにくいのは当然である。

主催者の人たちがもっと驚き悲しくなるのは、そのような子どもたちがやじで騒いで喜んでいた後で、その子の親たちが「今日は子どもたちがよくノッていましたね」と喜んでいるのを知ったときであった。この親は「ノル」ということをどう考えているのだろう。子どもたちは騒いで楽しんでいるかのように見える。しかし、実のところは劇の展開に「ノル」のに必死で抵抗しているのだ。「我を忘れる」のが恐いのだ。

どうしてこのようなことが増えるのだろう。「我を忘れる」ことのできる人、あるいはできない人とは、どんな人であろう。まず、「我を忘れ」やすい人は、そもそもその「我」が弱いから、ということが考えられる。少しのことにも感激して「我を忘れ」てしまうが、終わるともとにかえってしまう。あるいは、我を忘れて行動するので近所迷惑をかける。これに対して、自分自身の本来的なものを見失わないからこそ、「我を忘れる」ことができる、という場合がある。

我を忘れる体験をしても、そのような体験が本来の自分を肥やしてゆく要素になる。このようなことが生じるので、われわれは演劇や映画のみならず、いろいろな芸術作品に接し、それによって自分の成長をはかろうとする。そのとき、作品が素晴らしいほど、われわれはそこに没入し、「我を忘れる」体験をし、再び我にかえるときにその体験を吸収してゆく。

「我を忘れる」ことは、しかし、怖いことだ。これができるためには、自分を投げ出しても「大丈夫よ」と抱きとめてもらう経験をもっていないと駄目である。死と再生の繰り返しが人間を成長させるという考えから言うと、このような身の投げ出しと受けとめによって、人間は強くなってゆき、「我を忘れる」体験を自分のものにすることができるのだ。

ところで、最近の子どもたちは、このような身の投げ出しと受けとめの経験が少なすぎるのではなかろうか。このような受けとめは、簡単に言ってしまうと「まるごと好き」とだれかに言ってもらうことだ。最近の親は「かしこい子好き」、「おとなしい子好き」、あるいは夜眠っているときだけ好き、になったりして、子どもが自分をまるごと投げ出しても抱きしめてもらう経験が少ないのではなかろうか。「まるごと」ではなく、頭だけ大切にして、心や体全体のことを忘れていないだろうか。

こんな子どもたちは、「我を忘れる」ことなど怖くて仕方ないのだ。うっかり我を忘れると、もとに戻れないかもしれない。そこで、自分の「頭」の能力を総動員して、しらけたやじを言わざるを得ない。そして、親の方も子どもの頭だけを見て、子どもを丸ごと抱きしめることを知らないので、そんな行為を見て、うちの子はよくノッている、などと喜んでしまうのだ。これでは、子どもたちがあまりにもかわいそうである。

私は人生のなかで「我を忘れる」体験を一度もしない人は不幸な人だと思う。自分という全存在を何かに賭けてみる。そのことによってこそ、自分が生きたと言えるのではないだろうか。それが可能な強さをもった子どもたちを育てたいと思う。

お祭り

昔話についての調査研究でインドネシアのバリ島に来ている。最近はこの研究のために中国にも行ったし、こうしてアジアの国々を訪ねると、自分の生き方についても考えさせられることが多い。何よりも感じることは、「時」の流れが異なって感じられることだろう。いかにもそれは悠然と流れていて、日本でせかせかと暮らしているのが嘘のように感じられる。

こちらにいる間に機会があって、村の祭日にそこを訪ねることができた。闘鶏《とうけい》をやっている。凄い人だかりで割り込めそうにもない。何とか必死になって後ろから覗き込むと、二人の人がそれぞれの鶏を向い合わせる。と、それを囲んでいる人々が一斉に札を握りしめ手をふって叫びたてる。つまり、どちらかの鶏に賭ける、ということらしい。戦いがはじまると、鶏の動きに従って歓声があがる。何しろお金が賭かっているから声援に熱がはいるのも当然だ。

ふと闘鶏の群衆の横を見ると、そこでも何か賭け事がはじまっている。大きいサイコロに絵が描いてあるのを三個、胴元らしいのがふって目をだす。それまでに地面に広げられた絵の上に各自が金を賭けているので、目が出るや否や、さっとお金のやりとりがある。大体の見当はつくものの、電光石火のやりとりでルールがつかみにくい。ちょっとこれを冷やかして闘鶏の方に行く人、その逆の人などいろいろである。

闘鶏も勝負がつくと金のやりとりがある。これも部外者にはわかりにくい。勝負が終わるや否や、あちこちに札が飛び交うので、お互いにどういう関係なのかわかりにくい。ともかく村の男性（女性はいない）が皆で楽しんでいる雰囲気が伝わってくる。

聞いてみると、普段は賭け事は一切やらないが、祭りの日だけ寺院の中で、それが行われるという。確かにこれはいい考えである。人間性の一面として賭け事好きというのがある。このような人間性が豊かすぎて（！）身を持ち崩す人に日本ではお会いすることがある。それは日本では俗事としての賭け事があり過ぎるからだ。賭け事というのはもともと神事だったのではないか、と私は思っている。神の意思のままに人間は楽しむが、それは祭日に限られ、神聖な場所内に限られるのだ。従って、それによって身を持ち崩すことなど考えられないのだ。ここの神様は、人間性というものを全体として動かしつつバランスを失わない方法をよう く知っておられるらしい。

夜はガムラン音楽に合わせて女性たちが踊る。観光用のための踊りと違って、村の雰囲気が非常によく出ている。広い場所で先頭に立つ数人の女性は、見ていてもその踊りの美しさがよくわかる。太極拳の動きに似たようなゆるやかな体の動き。その女性に続いて、村中の老いも若きも、そして子どもたちもが列《なら》んで踊る。前の人の動きのまねをしているが、上手な人、下手な人いろいろだ。踊り場のなかを犬がとおる。時に小さい子が走ってきたり、母親らしい人に抱きついてみたり、ガムラン音楽を奏しながら子どもを膝に座らせている人もいる。演奏の合間に煙草《たばこ》を吸っている人もいる。しかし、それでもというよりは、それだからこそ、それが村全体の祭りであることがこちらによく伝わってくる。各人のたましいがそれにかかわっている。

人間が生きてゆく、ということは大変なことだ。日本人は西洋近代の生き方をもろに取り入れ（といっても宗教的なことは無視して）、便利で、ものが豊富にある生活という点では、世界でも稀《まれ》な国になっている。しかし、ほんとうの「幸福な生活」という点で考えると、どうなっているのかなと首をかしげざるを得ないところがある。ものは豊富にあるとしても、何となく日本人はイライラ、トゲトゲとしていないだろうか。

と言ってもわれわれはバリ島の人と「同じ」生活をすることはできない。今までの「便利な」生活を続けつつ、心のやすらぎをもつためには、われわれは相当な工夫をしなくてはならない。たましいのかかわる本当のお祭りを、各人が自分の人生の中でいかに演出するのか。このことは誰にも依頼することができず自分でやるしかない。このように強く決心することがまず大切だろう。そして自分の祭りを考え出すのだ。あまり近所迷惑にならないようにしながら。

悲しみ

白洲正子さんの自伝（『白洲正子自伝』新潮社）を読んだ。これは痛快な本である。人生をこれほどのびのびと生きられたら、素晴らしいだろうな、と思う。読んでいると、こちらまで楽しくなってくる。と言っても、生半可《なまはんか》な気持ちで生きていたのでは、こんなにのびのびとは生きられない。この本の冒頭に話される白洲さんの祖父の逸話は象徴的である。「惰弱《だじゃく》」な武士の首を一刀のもとに斬《き》り捨てる話であるが、この気迫がなくては、のびのびなど生きられない。

痛快な話も多くて紹介したいが、それは読者に自ら楽しんでいただくとして、ここに取り上げる話は、自由奔放に生きた白洲さんが「この身を八つ裂きにしたい思いに駆られた」と書かれているほど悔やまれたことである。白洲さんにとって忘れ難い人として、タチさんという女性がいた。白洲さんの幼少時には「おつき」の女性がいたが、それがタチさんであった。文字どおり献身的につくす人で、「タチさんとは、実の母親以上に縁が深かった」と言える人だった。戦争中は誰しも食べることに困ったのだが、そんなときもタチさんは一生懸命つくしてくれ、白洲さんが畑仕事をして得た麦からパンをつくるのに、どこかで伝手《つて》を求めて、イースト菌を探してきてくれたりした。

そのタチさんがある日、脳溢血《のういっけつ》で倒れた。「忘れもしない。嵐の吹きすさぶ夜半のことで、私はあわてて彼女の部屋へ飛んで行ったが、その瞬間、私の脳裏にひらめいたのは、事もあろうに、『ああ、これでイーストが買えなくなる』ということだった」。

「何という冷酷なことか。何物にも替えがたい数十年の恩愛が、ただのつまんない」と、ここから白洲さんの「身を八つ裂きにしいイースト菌に還元されようとは」と、ここから白洲さんの「身を八つ裂きにしたい思い」の深い悔恨がはじまる。

私は個人の秘密の話をお聞きすることが多いので、これに類する話に接することが割にある。そのような経験をしているうちに、次のように考えるようになった。最愛の人や、最大の恩人を失う悲しみは、それをモロに受けると、人間はなかなか立ち上がれない——時にはそのために死ぬ——のではなかろうか。それを防ぐために、無意識的な防衛作用が起こって、まったく些細《ささい》なことに気をとられるものと思われる。ともかく、悲しみの感情からは絶縁される。

そのようにして一応守られておいて、その後に時間とともに悲しみは徐々にやってくる。そのようにしてこそ、人間は深い悲しみを体験しつつ、それに耐えられるのではなかろうか。読者の皆さまのなかにも、大切な人の死のときに、まったく無関係のことや些細なことに気をとられた経験をお持ちの人があることでしょう。

次に悔恨の念について。人間が生きるということの背後には実に深い、「悲しみ」とも名づけ難いほどの感情が流れているのではなかろうか。それは癒され難い傷、ということにもかかわるように思う。キリスト教の場合は、「原罪」という形によって、すべての人間は生まれながらに罪を背負っている、ということを、人間が生きてゆく上での大切な礎石《そせき》としている。しかし、現代人でアダムとイヴの話を知り、その「原罪」をわがこととしてしっかりと背負える人はあるだろうか。ましてや、キリスト教徒でもない人間にとって、これはできない相談である。

遠い昔の「はなし」を自分の人生の礎石にすることは、現代人にとっても非常に難しいことである。そんなためもあるのだろうか、現代人はちょっとやそっとでは他人に語れないような悔恨に値することを、われ知らずやってしまうことになるのではないだろうか。おそらく白洲さんにしても、先の事柄は長い間誰にも話さず胸に抱いておられたのに違いない。自ら許すことのできない罪を犯してしまった、という想い、その人の一生を通じて常に存在し、その人の行動の背後でいつもかかわりを保っている。おそらく、このような悲しみは、父母未生以前《ぶもみしょういぜん》のものだろう。しかし、それに気づき、忘れずにいるために、何らかの、それに対応する現実経験がアレンジされるのではなかろうか。そしてこのような悲しみの裏打ちなしに、白洲さんのようなのびのびした人生はあり得ないと思われる。

地震に学ぶ

一九九五年の阪神・淡路大震災は、未曾有《みぞう》の災害をもたらした。私も震災後一カ月ほど経てからだが、現地でその凄《すさ》まじさを見ることができた。一カ月たってからでさえこんな状況なのだから、当時はどれほど恐ろしかっただろう、と思った。被災者の苦しみはこれから大きくなるとさえ言っていいことだから、われわれは援助のためにもっと力を尽くすべきだと思う。現地に行ってみると、テレビや写真などの映像によっては伝えることのできない、惨状が身に迫ってくるのを感じる。このことを決して忘れてはならないと思った。

震災後の心のケアについては本紙（中日新聞、一九九五年二月二十一日付夕刊の文化面）に既に少し書いたので、今回は視点を変えて、震災で私が学んだと思う大切なことを書いてみたい。不幸な出来事からもわれわれは多くを学ぶことができ、それを今後の生き方に役立てることができるのだ。

震災後、外国の友人たちから電話やファクスでいろいろな見舞いの言葉をもらったり、話し合ったりした。そのなかで、多くの外国人が、日本人が今回の災害発生時に相当な秩序を保ったことを賞讃していた。略奪や暴動が皆無だったことは、まったくの驚きだというのである。現代はいろいろな現地の状況が、そのままテレビの映像として映し出されるので、それらは大変印象的だったらしい。

地震の当日、にぎり飯一個しか配られなかったと言いながら、多くの人が怒ったり、やたらに嘆いたりすることもなく、ちゃんと秩序を守っている。こんなことは外国では考えられないという。ところが、それを喜んでいると、多くの外国人がそれにしては日本政府の対応の遅さはなんだ、と言うのである。一例をあげると、アメリカのロサンゼルス地震のときは、大統領がその翌日に心のケアについてのお金、千七百万ドル（約十七億円）を出すのを決定している。わが国では、われわれ日本臨床心理士会は会員の寄付と奉仕でそれを行ってきている。

これらのことを聞いているうちに、私はどうもそれが同一の根から出ているのではないかと思いはじめた。日本人は随分と西洋化して、欧米の個人主義の考えが大分ひろまりつつある。しかし、日本人のこれまでの関係は、独立した個人と個人が関係をもつ、という状態ではなく、全体が底の方でつながっているような状態をベースにしてできあがってきている。いちいち言葉で説明したり、規約をもうけたりしなくても、それぞれが全体のつながりを前提として行動する。

阪神地区は大都会であり、人間関係も都会型に、つまり個人主義的になっているように思われたが、いざ危急の場合となると、昔の地金が出て、それぞれの人が思いがけないこころのつながりを感じつつ、全体として行動したのではなかろうか。都会に住んでいて、隣にどんな人が居るとも知らなかったのに、温かい心のつながりを感じて嬉しかった、というような報告があちこちに認められる。災害のおかげで人の情を知ることができた、という人さえあった。

このような日本的なつながりは、政府の場合はどのように作用しただろうか。何か決定しようとしても、まずあの人の意見も聞かなくっちゃとか、勝手に一人決めしたと後で非難されないだろうかとか、手柄《てがら》の一人占めをしたと言われないかとか、とにかく、決定する前に考えたり、気にしたりすることが多すぎる。考え込んだり、他の人と相談したりしているうちに時間がたって、しかもその間にいろいろと異なる意見も聞こえてきたりして、決定までに長い時間がかかったのではなかろうか。政府のことを憤慨する人たちは、ほんとうに自分が責任ある立場に立ったとき、一人で物事を決定する力をもっているかを考えてみるといい。

今回の災害で、うまく二次災害を避けたようなところは、全体的な人間のつながりと、自己決定力をもったリーダーの、うまい組合せがあったように思う。

このようなことを見ていると、これからの日本人の課題は、これまでもってきたような人と人とのつながりを失うことなく、いざとなったときに自己決定ができるように自分を訓練してゆくことだと思う。これは極めて困難なことではあるが、不断の努力を続けることによって可能になる、と私は思っている。

触れる

人間は五感によって外界を認知する。見る、聞く、嗅《か》ぐ、味わう、触《ふ》れる、などによって外界を知り、自分との関係も明らかになる。これらの感覚を洗練させることによって、われわれの感受性も広くなってゆき、人生も豊かになる。せっかくの名曲とか、グルメ料理とかも、それにふさわしい感覚をもっていないと、何の価値もなくなってしまう。

人間は「眼の動物」と言われたりするだけあって、視覚を特別に大事にしている。考えてみると、人間が得る大半の情報は視覚情報である、と言っていいほどである。活字と映像が他と比較にならぬ量の情報を人間に提供する。これに比して、人間にとっておそらくもっとも未分化な感覚は触覚であろう。なにかのことについて善悪、美醜などの判断をくだすときに触覚に頼ることは極めて少ない、と言っていいだろう。しかし、人間が深く自分の存在を確かめたいときに、触覚が大事になるのではなかろうか。死んでゆく人に対して黙って手を握りしめることは実に大切である。そのくせ、日常生活においては、われわれは触覚の重要性を忘れていることが多いと、思われる。

詩人の工藤直子さんのエッセイ集『ライオンのしっぽ』（大日本図書）を読むと

「触れる」ことの大切さが実感される。「カタツムリの目だま、いるかのおでこ、ごりらの背中、ねこの前脚のくるっと曲がるところ、こがねむしの柔らかいほうの羽、ふくろうの首のまわりの羽の、ふわふわ、ラッコのおなか、たつのおとしごのシッポの先……」。これは何かというと、工藤さんが「見ていて思わず触《さわ》りたくなるものたち」なのだそうである。「触ってはじめて、そのものと出会った気分になれるのだ」と工藤さんは言う。

これを読んで、工藤さんの詩を子どもたちがやたらに好きになる秘密がわかったように思った。子どもたちも触覚を大事にしている。工藤さんの詩は触れることによって知ったことを言葉にしている。

子どもたちはそれを読んで、それらのものに、そして、工藤さんの心に直接に「触れる」のである。

工藤さんは幼いころに母親を亡くされたので、『ライオンのしっぽ』には父親の思い出がよく語られている。小さいころ、工藤さんが一番よく見ていたのは父親の「手」だったように思うと言われる。

「散歩のときに、つないでくれる手。ころんですりむいたヒザに薬をぬってくれる手。服を着せてくれる手。ほうちょうをもってジャガイモをむく手、などなど。」

「あのころの風呂は木づくりで、フチが高くて、小さい子は湯船に入りにくい。そんなとき、両脇をかかえあげ、ちゃぽんと入れてくれたのも、父の両手だった。」

こんなのを読むと、工藤さんは父親の手を「見る」と言っても、そこにいつも「触れる」体験のあったことがわかるし、読むほうのわれわれにも、工藤さんのお父さんの温かい手触りが伝わってくる。

「触れる」ことが、完全に心の接触になっているから、われわれも心を動かされるのだ。たとえば、満開の桜を十歳のときにはじめて見たときの印象が次のように書かれている。

「夕方近くになって、空気がふっと冷えたのだろうか。いきなり、ごう！　と風が吹いた。驚いた。数千の花びらが、いちどに空を舞ったのだ。無数の花びらが、空の青さをうめ、人々を巻きこみ、いつまでも、くるくると舞いつづけている。いきなり非日常の世界に放りこまれたように、わたしはぼうぜんと立っていた。」

「おそらくあの瞬間、私たちは、花自身の祭りに加わって、『ひと』であることを忘れていたのではあるまいか。」

一瞬に散った数千の桜の花びらは、十歳の直子ちゃんの心の琴線《きんせん》に触れたに違いない。このような意味深い「触れる」体験を失ってしまった現代人は、急にそれを取り戻そうとするが心の琴線はさびついてしまっている。もどかしさのあまり、突発的にセクシュアル・ハラスメント（性的嫌がらせ）のようなことをしてしまわざるを得ない。「触れる」行為に心が伴わないので、後味の悪さを残すだけである。

本当に「触れる」よさを知るためには、焦りは禁物である。工藤さんもこの書物のなかで、心が「うわのそら」になっては駄目だと言っている。心が触れるまで「待つ」ことが大切だ。

木

東京でタクシーに乗るときは、何となく心配になる。京都のタクシーに乗りつけている人間にとっては、大分様子が違うからである。京都のタクシーの運転手さんは何かと話しかけてきたり、行き先を言っても知らないなどということはまずない。

東京は広すぎることもあって、行き先を言っても「知らない」と言われる。それが何となく、ぶっきらぼうの感じがする。近距離のときなど、乗せていただけましょうか、というような気持ちになったりする。これはおそらく、お上《のぼ》りさんのコンプレックスのなすわざであろう。

ところが、先日、東京で乗ったタクシーの運転手さんは違った。まず「お客さん、新芽が美しいでしょう」ではじまった。窓外に目をやると皇居周辺の木々の葉が、実に美しい。「銀杏《いちょう》の新芽はいいですね」、「見てください。あれは楠《くすのき》ですよ」という具合である。

私は実のところ木が大好きなのである。「松もいいですね」と言うと、「この手入れが大変なのですよ。何しろ一本一本、手でするわけですから」という具合で、目的地に着くまで、二人でさんざん「木」の話を楽しんだ。降りてからもさわやかな気がして、これで東京のタクシーに対する私の偏見も大分正された感じがした。

私は木が好きで、と言っても盆栽いじりをするよりは、自然の木を見る方が好きである。だから外国に行って、森の中を歩いたり、川べりに立ち並ぶポプラを見ていたりするだけで嬉しくなる。その国特有の木があり、たたずまいがある。

昨年、ミネアポリスの箱庭療法研究会から招かれて行ったとき、半日の休日をどうしてすごすか、「あなたの見たいものは何か」と主催者に言われたので「自然の中の木」と言うと、「いい考えがある」というわけで、自転車に乗ってミシシッピ川沿いの峡谷《きようこく》を走り、新緑の木々を見て楽しむことになった。

アメリカに二カ月滞在したのだが、このことは忘れられない思い出となった。何しろアメリカのいいところは、土地が広く人が少ないことだ。車ではなく自転車で走る方がはるかに自然に近い。大木の姿のいいのなどに出会うと、「何年くらいここに居るの」、「たくさんのインディアンの人たちを見たんだろうね」などと話しかけたくなる。

動物好き、植物好き、鉱物好き、人さまざまである。そしてそのそれぞれに特徴がある。私はなぜ木が好きなのかと思う。いろいろあるが、特に大木などになると、そのペースのゆっくりしたところが好きなのではないかと思う。三百年、四百年という寿命を保っている。それに成長のペースもゆっくりである。

動物はペットなどどうしても人間のペースに合わせて訓練されるし、野生の動物は大きいのになると怖くなる。それに対して自然のなかの大木は傍《かたわ》らに寄ってゆくこともできる。動かずに静かにしているところもいい。

それに、木の姿を見ていると『荘子』のなかの「無用の用」の話を思い出す。簡単に紹介すると、大工の石《せき》は巨大な櫟《くぬぎ》が神木として祀られているのを見るがまったく無視してしまう。この木は舟をつくれば沈むし、柱にすれば虫に食われるという具合で、まったく無用の大木であることを知っていたからである。ところが、石の夢にこの櫟の大木が現われ、次のように語った。

「有用」な木は、果実のためにもぎとられて枝を折られたり、切り倒して何かに使われたりで、天寿を全うできない。結局は、自ら長所と思うところによって自分の命を縮めている。

　これに対して、自分は無用であろうとつとめてきた。無用なために自分を求める人もないし、自分はおかげで大木となっている。まさに大用をなしているのである。

　このように櫟が語るのを聞いて、石は無用の用の意味を悟る。

　このような木のイメージを知るにつけても、私のしているカウンセリングは、木のイメージと重なる部分が多いように思う。カウンセリングの仕事は動物をしつけるようなことではなく、木の成長を待つようなところがある。

　成長のための条件を整え、後は相手のもつ成長への可能性の発現を待つばかりなのである。それを焦って肥料のやりすぎなどすると、枯れてしまったりするところもよく似ている。そんなわけで、私は大木の姿を見て楽しんでいるが、そのうちだんだんと「無用」になってゆくのではないかと思っている。

木、ふたたび

前回に「木」のことを書いてすぐに、非常に印象的な「木」の話を読んだ。ものごとが重なるときは不思議なもので、こういうことがあると、「木」に対する想いも深まるものである。そこで、もう一度「木」について書こうかなと迷っているときに、本欄をはじめるときに担当された中日新聞の林寛子記者に会った。林記者は「続けてお書きになったら」とすぐにすすめてくださったが、その名前が「林」というのも面白く、私はクスッと笑い出しそうだった。次に「木」についてもう一つい話を読んで、その著者が「森毅」だったりすると完璧なのだが、まだそこまでには至っていない。

ばかげているとも言えるが、こんなことを考えていると、人生には楽しいことが多く、もとで無しで大分楽しむことができる。

ところで、ここに紹介したい「木」の話は、I・B・シンガー作、工藤幸雄訳

『お話を運んだ馬』（岩波少年文庫）に語られている。これは著者の子ども時代の体験をもとに書かれた八編の物語から成り立っている。その最初の物語「お話の名手ナフタリと愛馬スウスの物語」に見事な「木」の話がある。まず、その話を簡単に紹介しよう。

主人公のナフタリは子どものころから「お話好き」だった。お話を読むので本も好きになり、結局は移動式の本屋さんになる。当時は村や町に本屋さんがなかったので、ナフタリは愛馬スウスに本を積んだ馬車を引かせて、あちらこちらとまわり、本を売りながら子どもたちにお話を聞かせてやった。

ナフタリには結婚したいという女性もたくさんいたが、旅から旅への暮らしで、収入も少ないので独身で通し、人々に愛されつつ年を重ね、四十歳を過ぎると既に老いの影を見せはじめた。ナフタリはあるとき、大金持ちで本好きの家に招かれた。その屋敷には柏《かしわ》の大木が多くそびえていた。

「ナフタリは、そのうちでも牧場のまんなかに立っている大木にとくに心がひかれた。それはナフタリがこれまでみたこともないほど太い柏の木だった。根はあたり一面に張っていて、これではきっと地面の深いところに根がとどいているにちがいなかった。」

「旅ぐらしはもううんざりだ。ナフタリは、そう思っている自分ににわかに気づいた。ひとところに長い歳月を立ちつづけ、神の大地に深く根をおろした柏の木が、いまのナフタリには、うらやましかった。生まれて初めてナフタリは、一カ所に腰をすえようと強く思った。」

ナフタリはこの金持ちの好意で、そこに腰を落ちつけ、多くの物語を出版したりして余生を過ごす。スウスは死に、柏の老木から遠くない場所に墓を掘り、葬ってやった。

そこにナフタリが鞭《むち》を立てると、不思議なことにそれが若木となり新しい芽を吹いた。それも柏であった。そのうち、ナフタリも年老いて死ぬが、遺言によって彼はスウスの墓近くの、あの若い柏の木の下に葬られた。

ナフタリの一生と木の一生は、陰と陽のように対比されている。木は大地に根づき、一歩も動かず、どんどんとその枝や葉を茂らせてゆく。ナフタリは一カ所にとどまることなく、旅から旅へと動き続ける。そして、木はものを言わないが、ナフタリは話をすることができる。全く対照的だ。

しかし、共通点はある。それは「物語」ということである。ナフタリは柏の大木を見たときに「ざんねんだ。柏の木は口がきけない。口がきけたら、どんなにか話があるだろうに」と思う。

それは柏の木が話をもっていないことを意味しない。鞭が木に変じるように、木も話をいっぱい内に秘めているのだ。つまり、ナフタリと木とは、一心同体と見てもよい。木が大地に根づいて、しっかりとそびえ、枝や葉という「お話」を生み出しているとき、ナフタリはそれを代弁して村々を移動していたのだ。だからこそ、彼は長い旅の末に、落ち着いて安らぐことのできる大木のもとに帰り、静かな死を迎えることができたのだ。

現代人はナフタリの何十倍も忙しく、あちこち駆け回っている。しかし、この間に自分と「物語」を共有できる「木」が一点にとどまって育っていてこそ、最後はその下で安らかに死ねるのではなかろうか。あわてふためいて、その木まで根こそぎにして走りまわらないようにしたいものである。

森

冗談も言ってみるものである。前回と前々回と「木」、「林」と続けてきて、次は「森」になると面白いなどと書いたら、見事に森が現われた。それも自分で気づいたのではなく、「しあわせ眼鏡」の読者の方から、「先生、森が出てきましたね」と言われて気づいたのである。

それは私が最近出版した『臨床教育学入門』（岩波書店）の表紙のカバーの絵が、まさに「森」なのであった。実はこの本は「子どもと教育」というシリーズの中の一つなので、それまでに送られてきた他の本も色違いながら、すべて同じ絵で、全部が「森」の絵なのに、私は気づいていなかった。これは安野光雅《あんのみつまさ》さんの絵で、私はうかつ千万にも、「安野さんの木の絵いいですね」などと言っていた。「木を見て森を見ず」を文字通りやってしまっていたのである。

実はこの表紙の絵には木がたくさん描いてあるのだが、目の焦点をぼやけさせるようにして見ると、急に絵が立体化してきて森に見えるようになっている。さすがは安野さん、なかなか素晴らしい絵である。

ところで、これを見ているうちに、私の連想はだんだんと広がってきた。まず、この書物は「入門」と題したのだが、その点について「あとがき」に次のように書いた。

「これは既に出来上がった学問体系に対する入門書ではなく、これから新しい学問体系を作り上げていこうとする人たちに対して、一つの入り口を示すという意味での入門書である。」

つまり、一般にいう入門書は、例えば大きい美術館に入っていくときの案内書のように、その中の構造が大体すべてわかる――細部にわたる具体は一つひとつ確かめねばならないが――ような類のものである。それに対して、私のここに書いた入門書は、未踏《みとう》の森の入り口を示すようなものである。ここに入り口があって、そこから入っていくと大体こうなるのでは、と推測を述べているが、すべてはむしろ不明なのである。というわけで、この表紙の「森」の絵は示唆《しさ》的なのだ。

「臨床教育学」というのは新しい学問である。いろいろと特徴があるが、その中の一つを取り上げると、子どもの一人ひとりを大切にして、具体的に教育の問題を考える点がある。教育の制度をどのように改変していくか、多くの子どもたちを能率的に教えるにはどんな方法があるのか、など教育において研究すべきことは多い。しかし、臨床教育学においては、たとえば一人の子どもが学校へ行かないのならば、あくまでその子どもを中心として、そのことを考えていく。子どもが学校が嫌と言えば、その線に沿ってともに考えていく。あるいは行きたいのだが、行けないのだと言うと、その時もその線に沿っていく。あくまで、大人の考えや方法を押しつけずに、一人の子どものありようをひたすら尊重していきながら、教育ということを考えようというのである。

暴力はいけないという前に、暴力をふるう子どもを中心に据《す》えて、なぜそうなるかを考える。あるいは、それに教師として対するとしても、一人の教師としての個人のあり方から考えようとする。このようにして個人に全力をあげてかかわると、その過程を通じて、教育について考えるべきことが数多く見えてくる。そんな意味で、私は臨床教育学は「個より普遍に至る」教育学だと考えている。普遍的真理というと、全体的傾向とか全体にわたる調査などに心を奪われすぎて、教育において大切な個性についての配慮がおろそかになる。

こんな考えで『臨床教育学入門』を書いたのだが、この表紙を見ながら、これが森であることに私が気づかなかったように、個々の木にとらわれすぎると、全体としての森の姿が見えないという欠点も生じてくることをあらためて知らされたように思った。それにこの森を立体的に見るためには、むしろ目の焦点をぼやけさせることが必要というのも面白い。教育のこととなると、ついわれわれは堅くなってくるのだが、一つひとつにこだわるよりも、どこかでぼやーっと見ている方が事の本質がよく見えるということもあるのではなかろうか。私は自分の本の表紙の「森」を眺めながら、実にいろいろと反省し、考えさせられたのであった。

平成の幽霊

八月には幽霊の話がいいだろう。実は「幽霊」という題で何年か前に短いエッセーを書いたことがある。山田太一さんの『異人たちとの夏』（新潮社）を取り上げて、そこに出てくる幽霊がどんなに素晴らしいかを紹介したのだったが、今回の幽霊も山田太一さんの作品に出てくる。しかし今度のは前のと違って、もっと恐ろしい。これは、われわれが現在生きている時代がどれほど恐ろしいか、ということを如実に反映している「幽霊」なのである。

それは一九九五年に出版された山田太一さんの『見えない暗闇』（朝日新聞社）に出現してくる。ただそれは「幽霊」と呼んでいいものかわからない。何とも得《え》体《たい》の知れない存在である。それがどんなものか、ここに書いてしまうよりは、読者が原作を読まれるときの楽しみにとっておくことにするが、なんとも形容のし難いものである。

これを目撃した人物は気が変になって精神科医のところに行った。医者は話を聞いて、妄想と思ったようだ。それを見たとき、「一瞬で自分たちの内部が引きずり出されたような気がしたし、何とつまらないものに執着していたか、何と切実なものから遠くにいたか、と自分の安直さに声をあげもしたが、言葉にしようとすると、結局のところ何を見たのかとりとめもなくなった」。何とも不思議なもの（人?）だ。医者は話を本気で聞いていないようだったが、面白いことを言った。

十八世紀の神秘主義者スウェーデンボルグが、ある夜、キリストに会ったことがある。そして、それについて彼は「すべて記述不能」と書いているとのことだ。じゃあ、ここに出てきた「幽霊」は神のような存在だったのだろうか。神とも悪魔とも名前もつけられない、記述不能の存在が東京都に突然現われた。東京都のどこに現われたのか。

主人公の洋介は東京都の清掃局作業管理課長である。彼のかつての部下で今は東京湾のゴミの埋め立て地の事業課長をしている関田が、その不可解な存在を夜に埋め立て地のなかで「見た」のである。これがゴミの埋め立て地に出現するのが、きわめて象徴的だ。われわれが常日ごろ「不要なもの」として棄《す》てさっているもの、その蓄積のなかから、人間を仰天させ、気を変にするような存在が生まれてくる。それは神とも悪魔とも区別がつかない。

洋介の妻は全く思いがけない男に惹かれる。どこから見ても魅力のない小男だが、何だか土のにおいのするようなところに強く惹かれるのだ。そして、この不思議な男性も、どうやら、ゴミの埋め立て地から出現してきた、あの不可解な存在と、どこかで秘かにつながっているのではないかと感じさせるものがある。妻を尾行していった洋介は逆上してしまって、今まで人を殴ったこともない彼が、無抵抗の男を散々に痛めつけ、ついには死に至らしめたらしい。「らしい」というのは、洋介の体験もすべてどこか関田の体験と似ていて、「何もなかったこと」と考えようとすると、そう考えられないこともないからである。

「すべてなかったことにする」とは、要するにゴミ扱いすることではないのか。われわれ現代人はあまりにも多くのものを棄てすぎていないだろうか。知人の死亡通知を受け取る。「気の毒に」と思うのは一瞬で、後はその日に片づけねばならぬ仕事に精を出す。たとい葬式に参列したとしても、現在の葬式は、死のもつ悲惨さを隠すように隠すように、つまりそれに伴う感情をゴミとして棄て、「美しい」葬式にしようとしすぎていないだろうか。

洋介は殺人の罪におののいている。しかしわれわれは現在生きているということによって、何人の人を殺してきたかを、時に考えてみる必要がある。これまで何度も「自分を殺す」こともやってきた。五人であらそうポジションを一人で占めたとき、四人の人を殺したと言えないだろうか。そんなことを言っていては何もできぬというので、出世のため努力したりするが、ほんとうのところ金とか地位とか「何とつまらないものに執着していたか、何と切実なものから遠くにいたか」と感じさせるものが、ゴミの中から出てきた。これこそ平成の時代を象徴する出来事ではないだろうか。この幽霊こそほんとうの現実で、都庁の巨大な建物こそ幽霊ではないかと思えてくる。

口　実

大切な会合で絶対に遅れてはならないときがある。そんなときは早くから準備しておくとか、相当早めに家を出るとかしなくてはならない。遅れてはならないと前日から気にしているくらいなのに、電話で話し込んでいるうちに、ふと忘れてしまったり、何かほかのことに気をとられて、「しまった」と思う。

遅れて行って何か言い訳しなくてはならない。ふと忘れていまして、などとは、とうてい言えない。

あるいは、大切な集まりでぜひ出席しなくてはならないのだが、人に言えぬ理由で出席できないときがある。だれにも人に言えない理由というのはあるものだ。ほかに会合があるなどと言えば、お前はこの集まりよりほかに大切なことがあるのか、と言われそうである。ともかく、言い訳とか口実とかいうものは難しい。そんなことにならないように気をつけろ、というのが道理と思うが、なかなか人間の生活は理屈どおりいかない。

自分のことはともかく、こんなときの他人の方法を観察していると、なかなか面白い。その人の性格がそこにもろに示されるように思うときがある。ある知人が大切な会合に遅れてきて、「すみません遅れまして。何でかしらんけど遅れました。すみません」と言ったことがある。何だか人を食った挨拶とも言えるが、そのときは待たされた者は一同、何ともさわやかな気がしたから不思議なものである。こんなのは、その人の人間の在り方と関連しているものだから、うっかりまねはしない方がいいようである。ＴＰＯすべてを心得て発言しなくてはならない。

最近、平安時代の物語を読んでいるが、そのなかで「夢」が口実として使われているのがちょいちょいあって、面白く思った。当時は、夢を大切に思う人が多く、夢のお告げに従って行動したり、夢占いを職業とする人があったりするほどであった。そのようななかで、夢が口実に使われる。

たとえば、『源氏物語』で、源氏が紫の上の幼い姿をはじめて見たとき、その姿に心を惹きつけられるが、なにしろ相手はあまりに幼くて、話をどうもっていっていいかわからない。紫の上の後見役の僧に会うと、僧は有名な源氏が来たので嬉しくて仕方がない。早速にこの世はいかに無常であるかと説教をはじめる。源氏は拝聴のふりをしているが、気が気でならなかったろう。話のとぎれるのを待って、「ここに住んでいるあの方はどなたですか。常日ごろ見る夢でわけのわからぬのがありましたが、あの方を見るとはたと思い当たることがありまして」という。僧は笑いながら「いや、これは出しぬけな夢の話で」と言う。しかし、結局のところ話はすすんで、源氏は幼い紫の上の後見人となって、彼女を引き取ることになる。

僧はもちろん、夢が口実と知っている。しかし、それが嘘か真《まこと》かなどと言わず、笑いのなかに自分の気持ちを表現しながら、話を円滑にすすめている。

『とりかへばや物語』のなかでは、主人公が急に思い立って吉野の山奥に行くところがある。そのときも「夢見が悪かった」というのが口実に使われる。それを聞いた人が信じるか信じないかはあまり問題ではない。ともかく、そのような口実によって事がもつれたりすることはない。

口実のためにうっかり嘘を言い、この嘘を守るために嘘を重ねたりしているうちに、取り返しがつかなくなった、という経験をされた人はないだろうか。ともかく、現代は表向きは「嘘は悪い」ことになっているので、なかなか生きていくのが難しいのである。と言っても見えすいた嘘ばかり平気で言っていると、だんだん信用を失うことも事実である。

平安時代には方違《かたたが》えなどという考えもあった。悪い方角に直接行くのを避けるためにまったく異なる場所に立ち寄ったり、寄留したりする。これも上手に口実に使われているのだ。この時代の人は、夢も方違えも信じている。信じていながら上手に口実に使うことによって、人間関係を円滑にする知恵をそなえていたと思われる。なかなか大したものだ。

私も「サボりたい」会合などに、夢見が悪かったとか、そちらは方角が悪いなどと言って休みたいと思うが、まだしてみたことはない。現代は現代らしい口実を見つけるより仕方がない。

離婚の理由

今年の夏も学会などがあってヨーロッパに行ってきた。外国にいると親しい友人たちとゆっくり話ができる。そして、やはり日本にいてはあまり考えられないような内容の話や、視点の異なる見方などに触れて、いろいろと考えさせられる。このことだけでも、外国に行くのはいいことだと思う。そのなかで一つずつ、ぶんと考えさせられたことをここに紹介しよう。

法律の専門家の間ではよく知られていることだろうが、最近ドイツでは離婚の裁判において、裁判官は離婚の理由については尋ねてはならないことになっている。裁判官が訊《き》くのは、結婚を継続する意思が二人の間にあるかないかということ。もし、ないとなると離婚について財産の分割などすべてについて二人で話し合いがついていますかと訊き、はい、ということなら離婚を認める。それだけだという。折り合いがついていないときは、それじゃまた来なさいというだけの話で、「調停」などということは一切考えないし、どちらが「正しいか」などということも、もちろんない。要するに、当事者で全部やりなさい、ということである。

この話をしたドイツ人は、こんなことでは「倫理も何もなくなる」と嘆いている。たとえば、配偶者の片方が悪い人間で、不倫などをしながら、別れるのなら勝手にしろ、と財産を分けもしない。それでも相手が泣く泣く承知ということだってあるかもしれない。そんなときでも「裁判官」は、ただ両者が同意しているなら「よろしい」と言うなど、正義も倫理もあったものではない、というのが彼の論点である。

しかし、これに対してすぐ反対する人があるのが、外国人と話し合っているときの特徴である。これこそ裁判のもっとも進んだ姿だ、というのが彼の意見である。個人の意思、主体性を何よりも尊重するのが現代の生き方である。結婚とか離婚とか、個人の意思が最も関係することについて他人の判断に頼ろうとしたり、国家の判断による介入を受けるなどは、もってのほかで、そんなのは各人が自由にするべきなのだ。だから、これでいいのだ、と言う。

「それじゃ、弱い者はどうするのだ」と一方の男性は言う。「正しい者は弱い場合が多い。だから、それを守るのが国の役割であり、そのために裁判官がいるのだ」と彼は反論する。そんな弱い人間は駄目で、そもそも自分の弱さを国に守ってもらおうとする発想が間違っている。自分のことは自分で判断し、自分を守るようになるのが一人前である。その努力を各人にしろと言うのだから、このような裁判制度こそ「倫理的」には最も進んでいるのだ、と片方も負けてはいない。
この制度をこのまま日本に導入しようとするとどうだろう。多くの人が反対するのではなかろうか。それこそ「倫理」「倫理」の大合唱になるかもしれない。私もこのようなことをすぐ日本で行えと主張する気はない。しかし、さすがにドイツ人だ、すごいことをやるなとも思う。おそらく時代の流れは、そちらに向かうのではなかろうか。個人の倫理に国家は介入する権利はない。

古くから現代に至る人間の歴史を見ると、生活が便利になったことはだれも認めるだろう。個人の権利も強くなったとも言えるだろう。しかし人間が生きるために一人ひとりが自分で行っていた多くのことを、今は分業によって分かち合うので、便利にはなったが、「人間一人」（「男一匹」などという表現もある）が生きていく多くの体験を他に奪われてしまったと言えないだろうか。

教育、保護、身体の移動などなど、多くのことは何らかの他のシステムに預けている。そして、それらをもう少しちゃんとやれと主張するところで個人の権利を主張しているつもりだが、言ってみれば、何とも半端な生きものとして生きるようになったと言えないだろうか。おかげで古代の人間の体験した喜怒哀楽は現在では随分と薄っぺらになってきているのではなかろうか。そんなのはややこしいので国の方におまかせします、というのが個人の理想だろうか。われわれはドイツ人がしたように、自分が一人の人間として十全に生きるためには、国や公に託していたことを取り戻す努力もするべきではないか、と私は考えている。

輪廻転生

平安時代の文学を読んでいると、そこに「輪《りん》廻《ね》転《てん》生《しょう》」ということが語られることがある。

生命ある者が死んだと思っても、それは後の世に再び生まれ変わる、と言っても人間に生まれ変わるとは限らない。時には、馬になったり猫になったり、いろいろなものに転生する。

現在に生きている、いわゆる先進国のなかでは、転生ということを信じている人は極めて少ないだろう。キリスト教には輪廻転生という考えはない。仏教の場合は簡単には言いきれない。時代によって、宗派によって異なる。しかし、日本人の大半は仏教徒であるとしても、現代人で輪廻転生を信じている人は、あまりないだろう。それでも、われわれが子どものころは、ご飯を食べてすぐ横になって寝ころんでいると、来世は牛に生まれ変わるなどと言われ、半信半疑ながら、気味の悪い思いをしたりしたものだ。

ところで、『浜松中納言物語』などを読むと、主人公の浜松中納言の父親は、唐の国の第三王子に生まれ変わっている。そこでわざわざ中納言は唐まで「父親」に会いに行く。このことだけではなく、この物語には転生のことがよく語られ、そのために人間関係にいろいろな綾を与える。普通なら他人と思うところだが、転生のことを考えはじめると、そうではなくなってくるのである。

『浜松中納言物語』の作者は『更級日記《さらしな》』と同一の作者ではないかといわれている。そして、そのなかにも転生のことが語られている。

作者の姉が夢を見て、彼女たちの飼っている猫が、大納言の亡くなった娘の生まれ変わりだと知る。それから、その猫を粗略に扱わないようにしたとか、あなたのことをお父さまに言っておきます、と言うと、うなずいていたようだったなどと書いている。

いずれにしろ、ナンセンスなことだと言ってしまえばそれまでだが、そう簡単に昔の迷信として棄て去るわけにもいかないようだ。

実は、アメリカで「輪廻転生療法（リインカネーション・セラピー）」というのがあるそうである。重いノイローゼでなかなか治らない人に催眠をかけて、「あなたの前世のことを思い出してください」と言うと、なかにはいろいろな情景が見えてきて、実は自分は中国の学者だったらしいとか、中世のドイツで職人をやっていたなどと、本人が言いはじめる。そして、そのことを現実の自分の悩みや問題と結びつけて、「ああ、なるほどわかりました」と納得する。そうするとノイローゼが治るという。そんなばかなと言っても、こういうことは実際にアメリカで現在行われ、ある程度成功している（だれでもうまくいくというものではない）。

どうしてこんなことが起こるのだろう。このような現象を解く一つの鍵は、

「関係」ということだと私は思っている。現代人は「関係を切る」ことによって「便利」な生活をしようと思いすぎていないだろうか。早い話が、ビフテキを楽しんで食べようとするには、それまでのその牛の生活、それを世話した人、殺した人、料理する人、いろんなことすべて「関係づける」ことを、さっぱりとやめねばならない。交通事故で加害者と被害者と関係をもって話し合うのは大変なので、保険業者や弁護士に依頼する。犬や猫の子が生まれると「保健所」に処理をお願いする。

これらのすべてが「悪い」などという気はない。しかし、関係を切ることにばかり熱心になりすぎて、自分がまったくの孤独であることにふと気づいたとき、不安でたまらなくなるのではなかろうか。病気になれば医者がいる。腹が減れば食堂に行けばよい。このような言い方をするかぎり、われわれは孤独ではなく、便利に生きている。しかし、そこに生じる「関係」は薄いものではなかろうか。

この人は自分の父親の生まれ変わりである。この猫はひょっとして自分の親しかった人の生まれ変わりかもしれない。自分も死んだら、あるいは馬に生まれ変わるかもしれない。このように考えていると、その「関係」は極めて深く、長いものになる。そのような濃密な関係に支えられて昔の人は生きていたのではなかろうか。そうして「関係性の喪失」によってノイローゼになっている人が、自分の前世に思いを寄せることによって、それを克服したりできるのではなかろうか。

昔の人たちの知恵はそれほど簡単に否定できぬものがあるようだ。

贈り物の値段

クリスマスの月になったので、クリスマスらしい話題を、と言ってもそれに直接に関係することではない。

クリスマスにはいろいろと贈り物をする。クリスマスに限らず贈り物というのは難しい。高いばかりがいいとは言えない。と言って節約を心がけていると、何となくみすぼらしくなってくる。相手にほんとうに喜んでもらう贈り物となると、お金だけではなく、心を使わねばならない。あるいは体を使わねばならない。ともかく、労苦を惜しんで、うまくいくはずがない。

ところで、最近、贈り物として最高のものは何かという見本を示してくれている物語を読んだので、ここに紹介しながらいろいろと考えてみたい。その本は、ルーマー・ゴッデン作、猪熊葉子訳『台所のマリアさま』（評論社）である。贈り物と言えば、この本を子どものクリスマス・プレゼントにするのはどうであろう。

主人公のグレゴリーは九歳の男子。ジャネットという七歳の妹がいる。両親はともに専門的な職業についていて忙しい。やってくるお手伝いは自分勝手だし、次々やめていくし、二人の子どもは淋しい思いをすることが多かった。

しかし、初老の女性マルタがやってきてからは様子が変わった。マルタはウクライナから戦争のために若いときに追い出されてきた気の毒な人だった。いつももの悲しげであった。言葉もうまく話せなかった。しかし、何とも言えぬ温かさとやさしさがあり、それが子どもたちを包み、二人は満足だった。

マルタが来てから台所がだんだんと変化した。母親はマルタがいろいろなものを置くのを見て、清潔でなくなると嫌がったが、子どもたちは今の方がいいと思った。「温かく居心地がいいのだ」。しかし、マルタはこんな台所など「からっぽですよ」と二人の子に言った。

マルタは自分の家の台所に飾ってあった聖母子像について目を輝かせて語る。「その絵の前に、毎日花をいけて、小さなランプにみあかしをともすんです――ランプのガラスはルビーみたいに赤いんです。……台所は暗いけど、ランプと絵は光っているんです。顔も光っています。お母ちゃんと赤ちゃんの顔がね、幸せそうで、温かそうなんです。部屋のどこへ行っても、二人の目がいつもこっちを見てるんですよ」。マルタはこう話をしながら、そこの台所を見回し、そして、泣きだした。

マルタを大好きになっている兄妹は、マルタのために何とかしたいと思った。しかし、マルタの話す「マリアさま」は単なる絵ではないのだ。それは額のなかに入っているが、ビロードの服を着て、いろんな飾りもつけているという。それでも二人はくじけなかった。内向的で極端にひっこみ思案のグレゴリーと外向的で人づきあいのいいジャネットのコンビは、幼い知恵をはたらかせ、「冒険」を繰り返して「台所のマリアさま」づくりに専念していく。

それは「イコン」だろうと見当をつけた兄妹は、超一流の宝石商の店に入り、よさそうなのを見つける。ジャネットがうっかり、「三十シリング持っている」と言うのに対して、それは「四百三十八ギニー（一ギニーは二十一シリング）です」と冷笑され、二人は目から火が出るような恥ずかしさを感じながら、店を飛び出してきたりする。

そのうえ「冒険」外出がバレて、グレゴリーは父親からしばらくの小遣い停止の罰をくったり、大変なことが重なる。

グレゴリーはお金もないし、一度はあきらめかける。しかし、ジャネットの「考えるのよ」という励ましを受け、打開策をいろいろと模索する。このあたりの二人の性格の違いからくるコンビの妙、子どもなりの努力と工夫の素晴らしさ、これらの点はぜひ原作を読んで味わっていただきたい。

とうとうマリアさまは完成し、家族一同集まったところで、マルタに見せた。「マルタの口にする言葉を理解したものはだれもいなかった。しかし、ジャネットでさえも、それが感謝と賛美の祈りであり、歌であることがわかった」。お母さんも感激して泣いた。一つの贈り物がマルタと子どもを結びつけただけでなく、家族全体を結びつける役割をした。

ジャネットは感激し、あの絵は宝石店の四百三十八ギニーのよりずーっといい、と言った。その贈り物はお金に換算できぬ価値を持っていたのだ。

共鳴するたましい

新しい年になった。去年は大変なことが続いたが、今年はどんな年になるだろうか。もちろん、予想もできないが、教育のことについての関心が高まるのではないかと思われる。去年に起こったいろいろな事件などから、日本における教育を見直さなければ、という人が増えてきた。今年は教育論が盛んになるだろう。東大の佐藤学教授著『学び　その死と再生』（太郎次郎社）は、最近読んで教育についての多くの示唆を与えられた書物である。その中にあった非常に印象的な話を紹介しよう。

S少年は幼少のときから多動癖があり、わけもなく教室の中をうろつき回る。

先生もとうとう我慢できなくなって、教室から出て行きなさいということになって、S君は裏山へ行って遊ぶことになる。

それでも中学校に進んだときは成績の方は意外に良い点が取れたので、瀬戸内海の小島に住んでいたが島を出て本土の高校に進学することになった。

しかし、友人はなく孤立し、先生には反抗を繰り返した。とうとう授業にも出なくなって、図書室で勝手に本を読んだり、音楽室でピアノや他の楽器をさわったりしているうちに、成績も最下位になった。

S君はその上、赤面、吃音《きつおん》、言葉が出てこないなどの神経症的な症状にも悩まされ、高校を中退しようと思い、家族に相談するために島に帰ろうとした。ところが台風で連絡船が欠航して帰れず、翌日は音楽室で一人でぶらぶらとして過ごした。

そのとき音楽教師のY先生が、バッハの無伴奏バイオリン・パルティータ第二番の「シャコンヌ」をレコードで一緒に聴かないかと声をかけてくれた。「その衝撃的な音の体験は、魂の昇華あるいは解脱《げだつ》としか言い表わしようのないものだった。この偉大な作曲家の作品は、畏《おそ》れとも悟りとも呼べる圧倒的な感動で、私の偏狭な心の密室の壁を内側から砕き、宇宙的な広がりの中で溶解させていた」と、S少年は当時を振り返って述べている。

レコードを聴き終えると、Y先生はS君に音楽家になってはどうか、と言った。S君が授業には出ないが、音楽には関心をもっているのを知ってのことであった。それに対してS君は先生の気持ちに感謝しながらも、「突如として何の脈絡もなく、ゆくゆくは教育の仕事に携わりたいと決意したのだ」と述べている。

S君はその後、最下位の成績から発奮して勉強を始め、希望どおり「教育の仕事」につくことになった。そして、このS君とは実は先に紹介した書物の著者、佐藤学さん。東大教育学部教授として、授業の研究に実にユニークな仕事をしている人である。私は佐藤さんと授業研究をしていて、いつも勉強嫌いの子どもや授業に乗っていない生徒に対する、その温かいまなざしに感心していたのだが、このような過去を知って、さもありなんと感じたことであった。

この話には大切な後日談がある。それから二十五年以上も経て、佐藤さんはY

先生が退官されるのを知り、夢中で例の思い出を書いて感謝の手紙を出した。一週間後にY先生からきた返事には、「あのころ、Y先生ご自身も、音楽を教育することの意味を見失うという根源的問題に悩み、教職生活を中断する誘惑にもかられながら祈る思いで生徒と音楽を共有する道を模索されていた」ことが記されていた。

Y先生はS君という生徒をよくするために音楽を聴かせたのではなかった。自分自身のため、「祈る思い」でレコードをかけたのだ。この点について、佐藤さんは「先生と私は、くしくも『シャコンヌ』を仲立ちとする深い沈黙の中で、象徴的な体験を交換し合っていたのである。偶然と言えば偶然とも言えないではないが、なるほど、象徴的経験は祈りを共有する人と人との出会いにおいて準備されるものなのである」と述べている。

これは教育における一番大切なことを教えてくれるエピソードではないだろうか。Y先生は何かを「教え」ようとしたのではない。自分の心の癒しのために、だれか生徒が体験を共有してほしいという祈りがそこにあった。そこへもっとも癒しを必要とする生徒が現われ、二人は魂の響きが共鳴するのを感じたのである。これこそ教育ではないだろうか。

震災後一年

阪神・淡路大震災の後、早くも一年が過ぎた。当日のことや、神戸を訪れて見た被災の光景などは、今でも心に残っているが、この一年間の経過のなかで、被災された人たちの復興への努力にはほんとうに頭の下がる思いがする。

私は兵庫県の出身ということもあって、兵庫県の教育委員会を通じて、少しは被災後の「心のケア」についてお役に立てることをしてきた。

震災一周年のさる一月十七日には、前記のようなこともあって、兵庫県の教育委員会の主催による震災からの「復興」を願っての記念のシンポジウムに参加してきた。災害からの回復、復帰ではなく、「復興」を願うところに、災害から学んだことを取り入れ、より素晴らしいものをつくり出そうとする意気込みが感じられた。

その際に、「阪神・淡路大震災作文集」（兵庫県教育委員会編）をいただいた。

これは小学生から高校生までの震災体験についての作文集であるが、それらの実感のこもった文には心を打たれるものがあった。少し引用してみよう。県立兵庫高校三年生、森本米紀さんの文である。

「『当たり前』ほど、お金で買えない。明るい灯の下、湯気のたつ夕食を家族で囲む。いやな英語の小テストの勉強をして、お風呂に入って、ぐっすり眠る。電車に乗って、校門をくぐり、友達に『おはよう』と言う。――そんな『当たり前』が、こんなに貴重で尊いなんて。そしてそれが、こんなにもろくて、はかないものだったなんて。ぜいたくな暮らしはお金で買える。でも今、私たちの『当たり前』はいくらお金を出しても手に入れられないのだ。」

このほかにも「当たり前」の尊さについて書いている人があった。森本さんはこの作品の最後を、「私たちの『当たり前』が戻ってきたとき、一日一日を感謝し、その大切さをずっと伝えていこうと思う」と結んでいる。

「当たり前」をついついそのまま当たり前として生きていきがちなわれわれに、生きることの重みを感じさせてくれる。

作文を通読していてもう一つ目についたのは、人と人との心のつながりの大切さ、ということであった。県立東灘高校一年生、竹田幸代さんの文のなかには、次のような一節があった。

「ずっと話したことなどなくて、怖そうな人だと勝手に思っていた人が、実はすごくやさしくて、ということがあった。こんな地震はもう起きてほしくないけど、現代の日本人が忘れかけていた『やさしさ』を見直させてくれたようで、少し地震に感謝したい気持ちもある。」

地震が「やさしさ」を教えてくれた。しかし、それが恐ろしいことにはかわりはない。芦屋市立精道中学校三年生、中島香代子さんの妹の死の記述は、厳粛な悲しみを伝える。

ところで、私の所属する日本臨床心理士会および日本心理臨床学会は、「心のケア」の問題に取り組んできた。そこでその経験をまとめて『心を蘇《よみがえ》らせる――こころの傷を癒《いや》すこれからの災害カウンセリング』（講談社）として出版した。

震災後、ＰＴＳＤ（心的外傷後ストレス障害＝トラウマ）ということがジャーナリズムでもよく取り上げられ、話題になった。

私は前記したような日本人の心のつながりから考えて、欧米に比してPTSDが少ないのではないかと考えていたが、この報告書を見ても、実際に少ないようである。

その関連で、もう一つ注目すべき指摘は、PTSDという形で、個人が「症状」に悩むことはないが、家族が心のつながりをもって全体として災害を受けとめているので、家族の間の小さなイザコザのような形で、それが現われてくる。それをうまく乗り切ることが大切だ、という点である。これは、まったくなるほどとうなずかされる。

災害によって、ある程度の心の傷を受けるのはだれしも同じである。それを個人が引きずって、何らかの症状として苦しむのではなく、むしろ、苦しみや痛みを時に家族に投げかけるが、それを心のつながりでうまく支え合っていく、というわけである。従って、家族の心のつながりが、もともと難しいところでは、争いが増えてかえって傷が深くなる、ということもあったようである。

こんなのを読むと、地震によって多くのことを教えられたと思う。これを糧《かて》として復興に向かっていきたいものだ。

おかあさん

ＮＨＫのテレビ番組に「クイズ日本人の質問」というものがあった。視聴者から応募した質問に答えるのだが、何といっても質問も答えも奇想天外なのがあって面白い。

先日は「コウモリは高周波で交信し合っており、それは人間には聞こえない。しかし、それを人間が聞こえる程度の周波に変えてくると、日本語に非常に近いのがある。それはどんなのか」などという、驚くべき質問があった。

確かに、コウモリは高周波の音波（と言っても人間の可聴範囲を超える）を出して交信し合っていることは知っていたが、それを人間の聞ける範囲に波長を変えると、「日本語」になるというのだから、嘘のような話である。

そしてテレビをみていると、赤ちゃんのコウモリが母親を呼んでいる「声」が「おかあさん」とはっきりと聞こえてくるのだ。これにはまったく驚いた。母親はその呼びかけに応じて飛んでくる。

「おかあさん」という音の響きのもつ底知れない力をあらためて感じさせられた。「ママ」というのも発音しやすいし、甘い感じもするので、外国語では「ママ」「マミ」などが多く、日本人も取り入れている家が多いが、「おかあさん」は、コウモリも使っているのだから凄いものである。

次にあげるのは、小学三年生の、すがいゆり子さんのつくった詩である。

「かあちゃん」「かあちゃん」
なんべんいうても
ええ　なまえや
わたしも
かあちゃんになるんやで
ねー
わたし
かあちゃんみたいにふとらんね

コウモリの赤ちゃんも詩をつくったら、こんなのをつくるかもしれない。「なんべんいうても　ええ　なまえや」というところは、まったく同感だろう。

当世は「マザコン」「教育ママ」などの多くの造語が示すように、母親の評判はあまりよくない。確かに母性の押しつけは、母親にとっても、子どもにとっても嫌なことである。昔の日本は、絶対肯定の母親像があまりにも強すぎたので、今はそれに対する反発が強いのも当然である。しかし、コウモリの赤ちゃんの「おかあさん」という声を聞くと、ジンと応えてくるのも事実である。

実は先に引用した詩は、日本童詩研究会編『おかあさん』（理論社）からの引用である。

最近出版されたものだが、昭和三十四年（一九五九年）から三十七年まで児童詩誌「きりん」に掲載された作品から「おかあさん」にまつわるものをまとめたものである。子どもたちの目は温かく鋭く、今読んでも実に素晴らしい。

おしろい　　　　内田ひろ子（五年）

お母さんの顔にあざがある。
やけどだ。
でも、おしろいを
つけると
すこしはきえる。
私は、やっぱり
おしろいをつけない
お母さんの方がいい。

「おしろいをつけない　お母さんの方がいい」というところに、内田さんのお母さんに対する想いがよく出ている。

「やけど」のところを、親の欠点として読みかえてもいいのではないか、と思う。欠点がどれほどあっても、「そのまま」のお母さんが好きなのである。子どもに会うのに厚化粧をすることはない。

最後にもうひとつだけ引用しよう。

しりたいねん

谷口のり子（三年）

あたし
おとうちゃんと
おかあちゃんが
どうしてすきになったか
しりたいねん

それから
みあいか　れんあいか
しりたいねん

それから
どうして　すきになったのに
けんかばっかりしてんのか

しりたいねん。

物語

このごろ、私は物語づいている。雑誌「世界」で、村上春樹さんと話し合ったが、そのときのタイトルが、「『物語』で人間はなにを癒すのか」（『村上春樹、河合隼雄に会いにいく』、岩波書店、所収）である。それに最近、『物語とふしぎ』（岩波書店）という書物を上梓《じょうし》した。どちらもなかなか評判がよいようで、うれしく思っている。

物語というのはほんのすこし以前まであまり評判がよくなかった。特に「夢物語」などというと、根も葉もないことというので、信頼できないというのと同義語であった。ところが、私は夢や物語を大切にして生きているのだから、その上、「真理の探究」とやらを目的としている大学にいたのだから、大変なことであった。

「科学的」に見いだされたことは真理であるが、物語なんぞはまやかしである、というわけである。このような自然科学偏重の傾向は、文学にまで影響を与え、自然主義の文学は純粋で高尚であるが、物語的なのは低級であるというような風潮が続いた。

しかし、最近は物語に対する評価が大分変わってきた。村上春樹さんの『ねじまき鳥クロニクル』（新潮社）も、多分に物語的なところをもつ傑作だ、と私は思っている。だからこそ、最初に紹介したような対談もなされたのである。

物語を自然科学と対比させるような形で述べたが、この両者が思いのほかに接近しつつあるのが現代である。

最近、「生命科学」というよりは「生命誌」と表現する方が、自分の仕事をよく示していると主張されている中村桂子さんのお話を聞く機会があった。

中村さんは生命科学の先端をゆく優秀な科学者であるが、自分の仕事をわざわざ「生命誌」などと呼ばれるのはどうしてだろう。それに対する疑問がお話を聞いているうちによくわかってきた。

生命というものは不思議極まりないものだ。細胞から進化して人間にまで至る。ところでそれを「研究」するときに二つの大切な特徴がある。それは今のところ生命現象がわかっているのは地球上のことだけで、他と比較のしようがない。一回限りということだ。それに生命現象を研究している自分も、現象の中の一部である、ということである。

このことは、人間が例えば石について研究しているときと、まったく異なる。いろいろな石を比較して調べられる。それに、人間は石という現象の一部だなどと思わず、石をはっきりとした対象として研究できる。このようにして石を科学的に研究して、その成果を得ることになる。

これに対して、生命現象の方は、このようにできないので、「誌」つまり、生命について物語ることになるというのが、中村桂子さんの考えである。

これを聞いていて、人間の心を研究するときに、人間というものはとか、人間の心はとか一般化して考える方法もあるだろうが、私は、お会いする人の人生、その人の心を、一回限りの他とは比較できないものとして受け止めようとしている。

そして話を聞いているうちに私はその人を「対象」として見ているのではな

く、そのなかに私も深くかかわってしまう。そんなわけで、私は「科学」というよりは「物語」の方に関心が向いていくのである。

こんなことを言っていると、物語というのはそれを語っている人とその内容との間に深いかかわりがあり、言うなればその人の物語というようになっていることがわかる。自然科学というのは、そのかかわりをあえて切り、突き放して物事を見るところに特徴があり、それはそれで非常に有用である。

ところで、生命ということに深いかかわりのある「性」については、どうであろう。エイズのことがあったりして、子どもたちに、性に関する科学的知識を与え、それで「性教育」がなされたと考えるのはあまりに性急ではなかろうか。子どもたちが子どもたちにふさわしい見方で、「性」ということをわがこととしてみた場合、そこにどのような物語が生み出されるのか、ということに対する答えの方が、まったく忘れられている。かつて西洋では、コウノトリが赤ちゃんを運んでくるという「お話」があった。現代の日本に通用する「性の物語」としては、どんなのがあるだろうか。

子どもの権利

　先日、熊本大学で開かれた「日本小児科学会学術集会」に、会頭の松田一郎先生に招かれて、「子どもの心をいかに理解するか」という観点から公開講演を行ってきた。二千人を超えるたくさんのお医者さんの集まりで、このような話をすることになり、光栄なことであったが、これも松田先生をはじめ、小児科医の先生方が、医療を行うときに子どもの心を理解することがどれほど大切かを考えられてのことと思い、張り切って出かけてきた。

　このとき、私の後でアメリカの医学者であり法律学者でもあるというエレン・クレイトン博士が「医療の中で考える子どもの権利」について話をされた。私にとっても関心のあることだったので、拝聴させていただくことにした。

　クレイトン先生は英語で話されるが通訳はない。さすがに日本の小児科医は英語が全部わかるのかと思うと、前方の大きいスクリーンには話の日本語訳の要約がうまく文字によって示される。これならほんとうによくわかる。私は講演の

「字幕スーパー」の試みに接したのははじめてだが、これは非常にいいアイディアだと思った。

ところでクレイトン先生の講義は明断で、しかも具体例をあげての話なので非常にわかりやすい。たとえばティーンエイジャーの子どもが癌になり、苦しいのでこれ以上耐えられないという。しかし、両親は積極的治療の継続を望む。こんなときにどうすればよいか。

もっと極端な例として、実際にあった例のようだが、妊娠中に無脳症と診断、医師は中絶を勧告するが、母親の強い希望で産み、呼吸維持装置に頼ったり、気管支切開までして数カ月医療が続けられたが、これをどう考えるのか。

聞いていてアメリカの人たちが、「子どもの権利」を守るために、日本では考えられないほどの努力をはらい、頭脳を使っていることがわかり感心した。クレイトン先生は日本に対しても理解ある態度を示しておられたが、アメリカの学者のなかには、日本には一体「子どもの権利」という考え方があるのか、という人もいるとか。

アメリカの子どもたちは幸せだな、と言いたくなるが、そうとばかりも言っておられない。実は私はアメリカから帰国した直後で、アメリカで聞いた子どもの相談事例のことを思い出した。両親が離婚して母親と暮らしていたが、その母親が他の男性と同棲するために子どもを置いて家を出て行った。

こんなときに、子どもがいろいろと「問題」を起こすのは、むしろ当然ではないだろうか。ただ感心するのは、このような子どもが、われわれの仲間である心理療法家のもとにやってきて、そこから見事に立ち直っていくことである。災難も強いが、そこから回復していく力も強いと言うべきか。アメリカの子どもたちは、日本とは比べようのない鍛え方をされているのだ。

離婚に伴う子どもの悲劇には、今回の渡米によって多く出合った。私の職業上そのような話を聞くことが多いのだとは思うが、その度に私は「子どもの権利」について考えざるを得なかった。

成人が自らの幸福を求めて離婚や再婚を繰り返す権利があるのは当然である。もっとも、それによって必ずしも幸福になっていないところが面白いところだが。親の権利はいいとして、子どもの権利はこの際どうなっているのだろう。子どもたちに、「離婚は嫌だ」とはっきり親に表明する権利は、どの程度保証されているのだろう。

両親が離れても、子どもと同居していない方の親が親としての務めを果たすように、アメリカの法律はいろいろとキメの細かいことを定めている。表面的に言えば、例えば別れている父親が父親としての役割を果たすために子どもに会いに来るのはいいことだ。しかし、そのとき、子どもは実に複雑な心の葛藤にまきこまれることがあるのを、われわれは実例を通じて知っている。

人間はそれぞれ自分が幸福に生きる権利を主張するのはいいことである。泣き寝入りはよくない。しかし、それをどんどん押しすすめて、そのために「権利」を守る法律をますます細かく定め、そのために頭を使い、お金や時間を費やす。それが進歩なのだろうか。その間に、一人の生きている子のほんとうの幸せを忘れてしまったりしたくはないと思う。

郷土愛

　縄文遺跡として有名な青森県の三内丸山《さんないまるやま》を訪ねてきた。前々からぜひ見たいと思っていたので、国立民族学博物館の小山修三教授の企画で、某週刊誌上での対談というのに喜んで応じたわけである。日本文化に関心を持つ者として、日本人のルーツをぜひ見ておきたいと思っていた。遺跡およびその出土品の素晴らしさは予想以上であった。それについてはほかで述べるとして、ここに取り上げたいのは、その旅行中に感じた人間の「しあわせ」、生き方についての感想である。

　三内丸山の遺跡を見た翌日、せっかくだからということで、有名な弘前《ひろさき》の桜を見に行った。私はだいたい「見物」というのは好きではない。どこかに講演に出かけても終わるとすぐ帰るか、余った時間は自分のしたい仕事をしていることが多い。つまらない雑談や社交辞令で時間を潰《つぶ》されるとユーウツになる。

　ところが、今度の「見学」はもちろんだが、「見物」も実に楽しかった。それはどうしてだろうかと考えてみた。それはおそらくお会いした人たちが、何かにほれこんでいることが、感じられることが多かったからではないかと思った。「ほれこむ」と言っても、それが押しつけがましいのは不愉快である。しかし、深くほれこむと押しつけがましさが消えてくる。静かにじわっとそれが伝わってくるし、何かにほれこんでいる人の笑顔は実に素晴らしく、それがこちらにまでうつってくるものだ。

弘前の桜は見事であった。私もこれまで多くの桜を見てきたし、ワシントンのをはじめ外国のもたくさん見たが、これだけの桜はほかにないだろう。吉野の桜はさすがだが、これは山桜なので別格である。弘前のはほとんどが「染井吉野」なので吉野とは趣《おもむき》が異なる。弘前の桜で驚いたのは、その樹齢の長さである。染井吉野は樹齢が短く、三十年程度と言われる。私は丹波の篠山《ささやま》の出身で、その城下の桜も自慢にしていたが、樹齢が短いのでうまく維持するのが難しいと聞いていた。ところが、弘前の桜は相当に古い。樹齢百年というのもある。

これはやはり、桜にほれこんで世話をしている人たちがいるのだ。弘前の桜の「樹医さん」は、全国でも有名だそうである。老木で枝ぶりがいいので、風情《ふぜい》がいいが、その裏には、桜をこよなく愛している人たちの献身がある。そして、弘前の人たちがそれを誇りにしている。案内してくださる人や、昼食を食べた料亭のおかみさんも、ごく控えめに「弘前の桜は日本一――従って世界一」と思っておられるのが、じわっと伝わってくるし、桜も美しいが、この人たちの誇らしい笑顔も日本一に見えてくる。

三内丸山に対しても、ほれこんでいる人たちは多い。この発掘に従事している人たちはもちろんだが、それを取り巻くいろいろなボランティアの人たちがいる。そのリーダーの人たちにも会うことができた。それぞれの人が本来の職業をもっているが、ボランティアとして、三内丸山の遺跡に関する文化的な事業に力をつくしておられる。「三内丸山縄文発信の会」というのもある。

このようなのを見ていると、人間はお金をもうけたり、社会的地位を得たりということだけが幸福につながるものではないことがわかる。やはり、何か好きなものがある、ということは、「しあわせ」につながる。

青森で接した、これらの気持ちのいい人たちは、共通して「郷土愛」というものによって、結ばれているのを感じる。これはひと昔前に言われたお仕着せの愛国心とは異なり、まさに「土」に根ざす自然さと温かさがある。現代は交通の便がよくなり、人間もあちこちを移動できるようになった。これはこれでいいこともたくさんあるが、土地に結びついた郷土愛などという味はだんだん薄れてゆくのではないだろうか。人間のしあわせにもいろいろと異なる味がある。土と結びつく幸福を保持している青森の人と行動を共にして、私が実に楽しい思いをしたのも当然である。

愛するもの、ほれこむものがあるということは人間をしあわせにする。ただ、それを押しつけたり、夢中になりすぎたりすると、他人に迷惑を及ぼすことがある。外国によく行く私は日本に対して「郷土愛」を感じているが、それはどの程度のものだろうと考えたりした。

幸福の条件

人間が幸福であると感じるための条件としてはいろいろあるだろうが、私は最近、▽将来に対して希望がもてる　▽自分を超える存在とつながっている、あるいは支えられていると感じることができる――という二点が実に重要であると思うようになった。

物がないとか、親しい人を亡くしたとか、いろいろと不幸なことがあっても、前記の二点が充《み》たされていると幸福と言えるし、この逆に物がたくさんあったり、地位があったりしても、前述の幸福の条件がそろっていないときは、幸福と言えないようである。

現在の日本では、このことに気がつかず、他のことに目が移りすぎて、自分では幸福のために努力しているつもりでも、何となく不安だったり、イライラしたりして、あまり幸福とは言えない生活を送っている人がいると思われる。

最近、中国に行ってきた。外国に行くと、そこの国の人びとの生き方が気になる。私の職業が人間の生きることと密接に関連しているので、他の文化の人がどんな生き方をしているか知りたくなる。そのためには、その国の人と相当に突っ込んでオープンな話し合いができなくてはならないが、今回は幸いにもそのような機会をもつことができた。少し失礼かなと思いつつ、いろいろと質問をして答えていただく間に次のようなことを考えた。

現代の中国の人たちを見て、まず感じることは、実に生き生きとしていることである。子どもの自殺などということは、まず起こらないだろう。これは当然で、すべての人が将来に対して希望をもっているからだ。日本と比べると物質的には相当に低い水準にある。しかし、だからこそ中国の人たちは、現在よりももっと豊かで便利な暮らしを求め、希望をもって努力しているのだ。隣に日本という国があるので、到達すべき目標が身近に具体的に存在している、という利点をもっている。

ところで、幸福のための第二条件の方はどうであろう。都会の中国の人たちは、「無宗教」と言っていいとのこと。その点は、日本人も「無宗教」的だが、自分の所属する「立場」によって支えられている、と感じていることが多い。日本人の「集団主義」などと言われるが、これは誤解を招く言葉である。仲間関係であれ、職場関係であれ、一つの「場」ができて、そこに所属していると感じることで安心する。従って日本人は「つき合い」を大切にするし、場のなかの人の気持ちを「察する」ことに気をつかう。

中国はこのような点では血縁による家族（大家族）が、心の支えとなっていたと思われる。これは韓国の場合は、今もそのまま維持されている、と言ってよいだろう。自分が「○○家」に属している、ということは非常に大切なことである。日本にもこの傾向はあるが、養子を取ったりして必ずしも血縁にこだわらないのが日本の特徴である。

中国ではこのような「家族」の意味も急激に薄れつつある、とのことである。無宗教ということもあって、人間の死に対しても告別式はするが、死者の「霊」とかの考えをもつ人は少ないとのこと。


こんな話し合いを長々とした翌日、私は博物館に行った。そしてそこに陳列されている古い立派な像の多くは、墓地から発掘されたものであることを知った。つまり、一人の人が死ぬことに対して、これほどの財力や労力を使わねばならなかったのだ。「死」という事実を受けとめるのは、人間にとって実に大変なことであり、それは途方もない考えや装置を必要とした。死後に至っても自分を支える超越者との関係において、人間は安心立命することができた。

過去にこのような歴史をもつ中国の人びとが——田舎に行くとその名残は今も強くあるようだが——ほとんど「死」とは無縁の「生」を生きている。そして、それは身近に見える希望によって支えられ、それが彼らに相当な活気を与えている。

これからの中国は一体どうなるのだろう。あるいは私が見た中国はまったく表層的で、現代の中国人が意識していない「支え」が長い歴史を背負って脈々と存在しているのだろうか。そして、日本の場合はどうなのか。実に多くを考えさせられる中国の旅であった。

変わる校長先生

日本の教育も変わらねばならない、と考える人が多くなった。これまでの画一的で、全体の平均的レベルをあげる方法は、欧米にできるだけ早く追いつこうとする目的のためには有効であった。しかし、今や日本が国際社会の中で一本立ちしてゆこうとするとき、もっと一人ひとりの個性を大切にする教育に切り替える必要性が主張されるようになった。しかし、これは大変なことだ。日本人の生き方を根本から変えていくほどのことなのだ。

中央教育審議会でも、以上の点が論議されるが、そのときに教員が変わることがまず大切と言われる。教員がよほど頭の切り替えをしないと、「個性尊重」もかけ声だけに終わってしまう。そんなこともあってか、教員研修のための講演に来てほしいという要請をよく受ける。気持ちはありがたいが、私はお断りすることが多い。講演というとつい同じことの繰り返しになってしまって、私自身がだんだん型にはまった人間になるし、本業の方がおろそかになる。こんなわけで、関東ブロックの小学校校長会から講演の依頼を受けたときも、難色を示さざるを得なかった。

しかし、「これは講演ではありません」と依頼に来た校長先生が言われる。今、小学校の現場では校長たちが多くの問題をかかえているので、それらを踏まえて一人の校長先生が壇上で私にいろいろと質問する。そのときフロアからもどんどん参加してもらう。それに対してその場で私が答える、という趣向だとのこと。これには私も心を動かされた。なかなかこれは面白いではないか。

校長先生というと皆さんはどんなイメージをもたれるだろう。学校の規律を守るために、つい「カタイ」人になってしまって、なるべく前例に従って大過なく退職するまで漕《こ》ぎつけようと思っている人などと想像してしまうのではなかろうか。ところが、この校長先生たちは違った。「研修」というとエライ先生の話を聞いて終わりと考えがちなときに、教育現場の問題をもって校長と講師が「ぶつかり合おう」というのである。新しい研修の形をつくり出してゆこうという姿勢が感じられてうれしく思い、引き受けることにした。

当日、神奈川県が当番だったこともあって、川崎市立京町小学校の斎藤校長先生と壇の上で向かい合うことになった。先生の質問に加わって、フロアから他の校長先生が現在の日本の小学校の困難な課題を提出される。小学校の二年生、三年生でも先生に対して反抗する。「そんなの関係ない」とか「なぜぼくだけに言うの」などという。かつて子どもたちが先生の言うことにおとなしく従ったのとは比べようもない、とのこと。あるいは、これまでは家庭でなされていた「しつ追及して、何かあると「学校の責任」をけ」が全くなされていない。そういう親に限って、何かあると「学校の責任」を追及して、怒鳴り込んでくる、などなど。

これらを聞いて、私がまず嬉しく思ったことは、「校長先生が変わりつつある」ということであった。かつての校長先生にこんなことが期待できただろうか。日本の教育のパターンは、教える者と教えられる者との関係がはっきりと分けられていて、教えられる者は教えられることをよく聞いて、それに従うというのであった。それは上意下達的に行われていた。しかし、すでに述べたような個性を尊重する教育というのは、教える者と教えられる者が、それぞれ自分の考えをもって対話する形が大切になってくる。

もちろん、こんなのは校長先生たちにとっても初めての試みであるだろうし、すべてが自由に流れたわけではなく、ある程度のカタイところがあったのもやむを得ない。しかし、校長先生がこのような柔軟な態度をもって学校の運営をされるならば、そこの先生方も個性的に動きやすくなるのではなかろうか。これは誠に歓迎すべきことである。

こんな画期的なことを思いつかれた校長先生たちは大したものだが、これを可能にした原動力の一つは、質問のなかにあったような日本の教育現場における危機意識ではなかろうか。とすると、先生に「反抗する」子どもたちこそ、日本の教育における「対話」の必要性を訴え、それをこのような研修にまで広げてみせた原動力だということもできる。われわれはそれにこたえて、教育現場のなかの「対話」を広げる努力をはらわねばならないと思った。

体で学ぶ道徳教育

前項に校長先生も変わってきつつある、と書いたが、また一人ユニークな発想をされる校長先生にお会いした。私が勤めている国際日本文化研究センター（京都市西京区）の隣に、桂坂小学校がある。その学校の村田校長先生があるとき訪ねてこられた。せっかく学区内にこのようなセンターがあるので、子どもの教育に生かしたいとのこと。

「ＰＴＡの講演はお断り」と言おうと思ったら、なんとセンターの教授に一度、小学校で「授業」をしてほしいと言われる。これは面白いと相談すると、センターの教授陣も賛成する人が多かった。そこで前所長の梅原猛さんの「社会科」の授業を筆頭に、まず四人の者が六年生の授業をすることになった。

私は算数をと思ったが、せっかく校長先生が型破りの発想で来られたのだから、と張り切って「道徳教育」をすることに決めた。どんな教材があるかと訊《き》くと、「生命を大切に」ということで「太平洋に立つ」という文があり、それには徳川時代に難破したスペイン船から日本に泳ぎついた人たちを、日本人が救助した話が書いてあり、これを教材にするとのこと。

道徳教育というと、教材の文を読ませたり、テレビやビデオを見せたりして、最後に「生命を大切にしましょう」というような紋切り型のものとなり、教師にとっても子どもにとっても何も印象に残らぬものになってしまうことが多い。これを何とか打破できないかと以前から考えていたので、あえて挑戦することにした。

まず道徳教育では人間全体に働きかけることが大切だ。頭でだけわかってもはじまらない。と言って小学生に「全人的理解」などと言っても通じるはずがない。そこでふと思いついて「体」を動かすことにしようと、体育館で体育の服装で集まってもらうことにした。どうせ型破りでやるのだから、心と体とがつながっているということで、授業のまず最初に、中国の気功でする足の裏から息を吸って頭まで通す（もちろんイメージでのことだが）のをしてもらった。ともかく「普通と違うぞ」と思ってくれるだけでもいいと、導入に使った。

そこで、「太平洋に立つ」を読んで解説し、髪の色や目の色も違う、言葉も通じない人たちを救助しようとするときの恐れや難しさを実感してもらおうと、漂流してくる外国人と助ける日本人と、子どもたちに二群に分かれて役割演技のようなことをしてもらった。ところがこれは子どもたちには少し難しかったようだ。それに小学六年生というと予想外に、異性や身体への意識が強く、このようなことを男女混合ですることにも抵抗が強いようだった。

そこで、男女別々に分かれて、二人が組んで背中を合わせて座り、相手とどれだけ気持ちが交流するか、相手が「生きている」ことが、どれだけ実感できるか、を体験してもらった。そのような「生命」の実感の後で、もしもこの相手の子が急に亡くなったらどうだろうと言って、阪神・淡路大震災で級友を失ったことを悼《いた》む、小学六年生の女子の詩を朗読した。これは兵庫県教育委員会の編集した震災の記録にあったもので、非常に心を打つ詩である。

以上、大体このような形で道徳教育の授業を行った。こちらが失敗だったと思ったのは、役割演技のところの課題が難しすぎたことと、六年生が思いのほか身体を強く意識することで、このあたりは私が予定していたようには、事が運ばなかった。はじめてのことであるし、相当な冒険をしたのだから、こんなところで満足すべきだろうと思い、この日に取材に来ていた新聞記者には自己採点七〇点と言っておいた。

しばらくして小学校から子どもたちの感想文が届けられた。道徳の授業が体育館であってびっくりしたとか、「楽しかった」「面白かった」というのが大分あり、これだけでもやり甲斐があった、と思った。

以前はバスに乗っているときに、おばあさんが乗ってこられ、席を代わろうと思うが知らないふりをしてしまった。今度からは素直に席をゆずろうと思う、などというのもあった。こんなのを読むとこちらの意図が少しはつながったかとも思うが、やはり実際に小学生に何かを教えることの難しさを実感させられた。今回は七〇点くらいだったが、また機会があれば八〇点を目標に頑張ってみたいものである。

心と体

心と体に何らかの関係のあることは、だれもが経験的に知っている。しかし、それがどの程度、どのように関係しているか、となるとだれもわからない。それに現在のように人間が知っておくべき知識の量が余りにも多くなると、どうしても知識の獲得や知的理解の方に重点がおかれ、体の方が忘れられがちになる。と言っても、最近は「体の健康」に気を配る人が大分増えてきた。そこで、いろいろな健康法が盛んに行われたりしている。

ところで、そのような心から切り離された「身体」というのではなく、心と深く関連していて、まさに自分の「生きている身体」とでもいうべきことについて、興味深い話を聞いたので、それを紹介することにしよう。

九月二十一日～二十四日まで、日本心理臨床学会が上智大学で開催され、私も参加した。そのときに、「日本の臨床心理」について国際的な視座から考えるシンポジウムを上智大学の小川捷之《かつゆき》教授が企画され、しばしば来日して日本での臨床経験も豊富な、ロバート・ボスナック、アーノルド・ミンデル両博士と私が話し合うことになった。

ミンデルさんは心と体の関連に強い関心を持っている人で、来談した人が話をしながら思わず示す身ぶりやしぐさなどを読み取って、あっと思うような示唆や忠告を与えたりする点で、天才的と言ってよいほどの人である。従って悩みを持って相談に来た人に、その悩みを言葉ではなく、自分の体で表現してみてくれませんか、などと言って、そこからうまい解決を見いだしたりする。これは実に見事なものである。

そのミンデルさんに、「日本人の心理の特徴」としては、どんなことがありますか、と質問すると、思いがけない答えが返ってきた。それは、自分の悩みとか、自分の内面を身体で表現するとなると、「日本人ほど創造的な国民は少ないのではないか」というのである。「例えばですね」と、ミンデルさんは立ち上がって壇の上で、実演を始める。シンポジウムのときでも、すぐにこのような実演をしたりするところが、彼の面目躍如《めんもくやくじょ》たるところである。

例えば、心のなかに強い葛藤があり自分のやりたいことを阻むものがある、などという相談があると、ミンデルさんは早速、自分の心の中で自分を阻止しているのはどんな奴《やつ》か、体で表現してくださいと言う。そうすると、ほとんどの欧米人の場合、ボクシングの構えをして、どんどん打ってくるところをする。「もっともっと表現して」と言うと、打つのが激しくなるばかりである。

ところが、日本人に言うと、確かにボクシング型が多いが、それだけでは終わらない。こぶしを固めて打っていたのが、手を開いて、指が微妙な動きをはじめたり、実にいろいろで、しかも精妙な動きとなり、それが思いがけない展開を見せ、解決のヒントが得られるという。ミンデルさんは「日本人は創造的なダンサーになれる人が多いのではないか」とまで言う。

これには驚いてしまった。というのは、外国で生活していて、日本人は社交的な場面で身のこなしがぎこちない人が多いことを強く感じていたからである。アメリカで日本人二世の人たちと話していて、日本から来た日本人は遠くから歩き方を見るだけですぐわかると言われたことがある。パーティのなかでも、何か身のこなしがぎくしゃくしているグループがあると日本人だ、ということになる。政治家の演説の際のジェスチャーなどを日本と他の国の人々と比較すると、同様のことを感じるに違いない。

日本語には「み（身）」という言葉があり、これは身体を表わすのみならず、「みにしみてわかる」などというときは、むしろ、心や魂まで意味することがある。カバーする範囲が広く、あいまいである。欧米の場合は身体と心は明確に分離されている。

日本人はこのような不思議な「身」をもっているので、社交的な場面など意識の表層が関係するときは、身のこなしがスムーズにいかないのだが、ミンデルさんが扱うような、意識の深層とかかわる領域においては、「身」のはたらきが急に豊かになる、と考えられないだろうか。心と関連しての身体のはたらきという点で、日本人のことをもう少し詳しく考えてみたいと思っている。

カルチャー・リッチ

カルチャー・リッチなどという表現を聞かれた方は、読者のなかにあまりないだろう。実は、私も最近アメリカに行ったときにはじめて聞いた言葉である。リッチは「今日はリッチな気分」などと、日本語にも入りこんできている「豊かな」という意味である。このカルチャー・リッチという言葉は、今までアメリカにもなかったと思うが、なかなかいい表現と思うので、ここに紹介することにした。

十月中旬に、アメリカの箱庭療法学会に招かれてサンフランシスコとミネアポリスで箱庭療法のワークショップを行ってきた。わずか十日間の滞在だったが、アメリカの人たちが今、文化差ということに非常に強い関心をもっていることを感じた。これまでは、どうしても欧米中心という感じがどこかにあったが、現在は自分たちと異なる文化についてよく理解し、それを尊重することによって自分たちの生き方をより豊かなものにしてゆこうと考えるのである。このような態度は、これまで無視し続けたともいえるネイティブ・アメリカンの文化に対して、特に顕著に感じられる。

こんなこともあって、箱庭療法のワークショップのなかに「文化と心」について論じるシンポジウムが設定されていた。シンポジストは私とミネソタ箱庭療法学会の会長のグリーンベルグ博士、それと心理療法家としてミネソタで開業している片山京子さんの三人であった。

私は初めてアメリカの土を踏んだとき――もう三十年ほど前のことだが――の自分のカルチャー・ショックの体験を交えながら、日米のものの考え方の差について話をした。続いて前述の二人のスピーカーが立った。私が強く心を打たれたのは、二人とも自分の個人的体験を率直に語られたことであった。グリーンベルグ博士は、アメリカのクリスチャンたちのなかで、ユダヤ教徒として生きてきた体験を語られた。それはもちろん平坦なものではなかった。ユダヤ人がこのような自分の体験を話すのを聞くのは、私にとって全くはじめてのことであり、それはぐいぐいと私の心に迫ってくるものがあった。

続いて片山京子さんはアメリカ人を父とし、日本人を母として日本に育ったこと。お互いの両親が異なる国籍の下で日本で育つことの苦しみ、そして、どのようにして自分がアメリカに来たか、そして、父親に会うことができたかを語られた。それは聴衆の一人ひとりの胸に響く言葉であった。

これらの発表を聞きながら、私は自分が長期にわたって主張してきた二つのことがアメリカでも一般的に認められつつあることを感じ、非常に嬉しく思った。それは個人の体験を深めることによって普遍的なことを見いだす、個より普遍に至る道がある、ということ。第二は、文化差をはっきり認め、その優劣を論じるのではなく、それをよく認識することによって、お互いに得るところがある、ということである。

文化とは何か、文化の優劣はいかにして決定されるか、というような抽象的な論議ではなく、ある個人が異なる文化のはざまにあっていかに生きてきたかを率直に語ることによって、それを聞く人たちが、それぞれ自分の生き方を考え直し、新たな道を見いだしていく。それは異文化に対する深い理解によって支えられている。これこそカルチャー・リッチな体験と言えるだろう。人生が、それまでと異なる展望をもった豊かなものになるのである。

シンポジストの発言に続いて聴衆との話し合いになったが、そのなかには中国人もネイティブ・アメリカンもおられ、ますますカルチャー・リッチとなり、嬉しく思った。しかし、このようなことを可能にするためには、各人が文化差による摩擦によって経験した、悲しみ、怒り、苦しみなど、時には身を焦がしてしまうほどの感情の火を、消してしまうのではなく、建設的な寛容を促す適温に保つための相当な努力が必要である。さもなければ、それは破壊をもたらすのみの爆発になることだろう。

日本においても、いつかカルチャー・リッチなシンポジウムを開くことができれば、と願っている。

人生学

「人生学」などということは、おそらくこれまでにだれも言ったことがないだろう。実は最近、『「人生学」ことはじめ』（講談社）という小さい本を上梓《じょうし》した。残念ながら書き下ろしではなくて、私がこれまであちこちに書いたものを、人生学らしい項目ごとにまとめたものである。

人間はそれぞれが「自分の人生」を生きている。それは一回限りで、唯一のことである。まさにかけがえがない。大切に生きたいと思う。その人生を「いかに生きるべきか」ということに指針を与えてくれるものとして、哲学や倫理学がある。心のことについては心理学もある。その他いろいろの多くの学問の成果は、確かに人間の生き方に対して示唆を与えてくれる。

しかし、実際的に考えると、これらの「学問」はあまり役に立っていないように思われる。それは私のところに相談に来る人——特に若い人たち——に接するときに痛感させられる。「どうしてそんな下手な男女交際をしたの」とか、「人生を何と思っているの」と思わず慨嘆したくなるときがある。しかも、その人は「大学卒」の頭のいい人である。

極端な言い方をすれば、ロミオとジュリエットがどんな会話をしたかを英語で読む勉強はしているのだが、現代の人間の恋愛がどうあるべきか、どんな意味をもつか考えたことも、教えられたこともない。

このような典型的な例を、オウム真理教の信者のなかに見て、多くの人が驚いたことは記憶になまなましい。大学院を出た知的なエリートが、考えられないような変なことを信じてしまう。これは一般に「学」と言われるものは、どうしても普遍的で抽象的なことを目標にするので、それは人生とかかわることがあるとしても、どうしても身近に感じられないためである。

そんなことはもともとわかっているので、「学」などに頼らず、昔からの言い伝えや、先輩の生き方や教えに従うことによって、人々は生きてきたのだ。別に

「人生学」など不要で、心配はいらないと言いたいのだが、ここのところがうまく機能しなくなったのが、現代ではなかろうか。今の若者で「親の言いつけ」や「古老の考え」を守ろうとする者が、どれくらいいるだろう。社会の変化の速度があまりにも激しくなったので、古い教えは力を失ってしまった。

古い考えに頼らず、だれにも教えられないとすると、自分で考えるより仕方がない。そのために「人生学」が必要になってくる。自分のために自分で考えるのだから、人生学のはじまりは、あくまで個人的体験を重視する。ここがこれまでの「学」と異なるところである。個別的で具体的なことを土台とするが、それだけでは身勝手になったり偏ったりするので、あくまで個別的で具体的な実体験を基にしつつ、それを深めていくことによって、だんだんと一般性をもつように努める。頭から「真理は一つ」ときめこんで、唯一の正しいことを示そうとするのではなく、生きた体験から出てきたものを互いに照らし合わせて、多様な人生の在り方を明らかにしていき、そこで、さて「私の生き方は」と考える。このような方法は、これまでの方法とは異なるが、やはり新しい学問として「研究」する価値があるのではなかろうか。

「研究」のためには「実験」が必要である。人生学の「実験」とは、すなわち自分自身の人生である。このように生きると、どんな結果が出るのか。そこで生き方を変えるとどうなるか。生きていくことそのものが「理論」づくりであり、実験による検証である。つまり、この考えでいくとすべての人は「人生学」の研究者ということになる。「なぁーんだ」と言われそうだが、私の強調したいのは、一人ひとりの人が、外から与えられた考えに縛られて生きるのではなく、自分の考えを確かめつつ、唯一の人生を生きようとするとき、それは「研究者」と呼ぶにふさわしい人生を生きているのであり、その人の人生全体が、一つの壮大な「実験」なのだ、ということである。そのような研究の総和のなかから「人生学」が生まれてくるとなると、この学問は人びとが生きていく上で、随分と役立つものになるだろう。

ひとつに賭ける

編集者から「新年らしい原稿を」という要請があった。どんな話題にしようかと迷った。なかなか面白い本を読んで、ふと裏表紙を見ると、次のような言葉が書かれていた。

ひとつ
なんでもいい　ひとつ
それさえあればいきていける
それからすべてがはじまる

「これはいい、これを新年に皆さんに贈る言葉にしよう」と思った。何でもいい、自分を賭けることのできる「ひとつ」を見つけ出し、それに食らいついていくのだ。それを既に見つけた人は、努力を続けていくといいし、まだの人は、何とか見いだしてやろうという心構えで毎日を過ごす。この「ひとつ」が早く見つかる人もあるし、遅い人もある。私などは随分と遅かったのだが、別にそれで困るということはない。心構えがあれば必ず見つかる。

ところで、この本は脇浜義明著『ボクシングに賭ける』（岩波書店）で、「ひとつに賭ける」意義が非常にうまく書かれているので、その内容を紹介することにしよう。

著者の脇浜先生は定時制の兵庫県立西宮西高校の教師。「ここ十年あまり夜学のアカンタレどもにボクシングを教えている」「自分が闘えないので、子どもに闘わせているオッサン」と自称される。この短い言葉にも気さくで率直で親しみやすく、しかも骨の太い教師の姿がうかがわれる。

定時制高校。働きながら学ぶ生徒たちにとっては、スポーツをするだけでも大変だのに、脇浜先生の指導するボクシング部は一九九五年に兵庫県総合体育大会団体優勝、インターハイ優勝（フライ級）と三位入賞（バンタム級）を成し遂げた。

札つきの不良とか登校拒否とか、それまでにいろいろ好ましくないレッテルをはられていた少年たちを、脇浜先生はボクシングという「ひとつに賭ける」ことによって導く。ボクシング部は「ワル」の集まりである。と言っても脇浜流にいえば「ワル、ワルと私は書いているが、他に適当な言葉がないのと、少し親しみを込めて言っているだけ」ということである。

このような少年たちに対する温かい目と、厳しい訓練によって、ワルたちが一人前の人に成長していく。この本を読むと長い間ひとつのことに賭けてきた人だけあって、共感させられる言葉が随所に見られる。それを拾ってみよう。

「涙を契機に立ち直るだとか、その後まじめになったというのはドラマの世界で、現実はそうはいかない」。まさにその通りで、人生はそんなに甘くない。「賽《さい》の河原のようにこつこつ石を積んでいたら鬼がきてそれを崩すのだ。しかし地震のようにすっかり破壊することはない。少しは残してくれるから、またそこから積み直す」。あきらめてはいけないのだ。

脇浜先生は自分の指導法について、「特効薬や速効性の教育テクニックはない。あっても私は知らない。昔ながらの『がまんくらべ』しかない」と語る。こんなのを読むと、私のしている心理療法の仕事と同じだと思う。生徒たちが疲れ果てたり、ズル休みをしてだれも来なくても、先生はひたすら待ち続ける。「待つ」力のない者は人を指導できない。

とすると、先生はいつもガマンして耐えているのか。そうではない。先生も怒り、それまでおとなしくて怒れなかった父親も怒り、子どもの立ち直りの契機になることもある。「本気になって怒った。説教じゃない。怒った」という表現もある。純粋の怒りは子どもたちのボディーにしっかりと打ちこまれる。説教は空振りのパンチと同じである。

脇浜先生のお得意の「シンドイことをやっているんだからシンドイのは当たり前だ」というのも好きな言葉である。なぜか知らないが、われわれは「この世」というリングに上がることを運命づけられたのだ。シンドクて当然だ。

それにしてもここまでやり抜いてきた脇浜先生を支えてきたものは何か。「出会いや発見や、そして何よりも感動があるからやってきたので、それ以上でもそれ以下でもない」という言葉は、ひとつに賭けてきた人の表現としての重さを感じさせる。

家庭の平和

争いの絶えない家庭というのがある。何かあると家族間に争いが起こる。口争いだけではなく、時には殴り合いということにさえなる。このような家庭に育つと、不幸なことだろうと思う。それに比して「平和な家庭」があり、このなかでは争いがない。静かである。こんな家庭に育つと幸福だろうか。

この点について大いに考えさせられるような恐るべき現象が今起こっている。最近、話題になっている「援助交際」というのを調べているうちに思い当たった。援助交際というのは、耳ざわりのいい名前がついているが、実情は端的に言って、少女の売春である。

最近は、通信手段が急激に発達したので、女子高校生や中学生が「援助交際」を求める発信をし、中年の男性たちがそれに飛びついていく。なかには性的関係のない「交際」もあるようだが、多くの場合、何らかの性的関係が伴い、金銭の授受がある。明らかに売春行為である。

援助交際に関する報告を読むと、報告者が驚いていることに、そのような行為をする少女たちの外見が、まったくの「普通」、あるいは「まとも」である事実がある。少女らしい輝きをもっている子もいる。そこには何らの崩れとか反抗とかを見いだすことができない。娘が偏差値の高い高校に通い、茶髪にするでもなく、「まとも」に生活していても、援助交際をしていないなどとは、言い切れないのである。

それに報告者が驚いたことは、ほとんどの子が、お金は欲しいが父母に迷惑をかけたくないので売春をしているという事実、である。なかには「家庭の平和を願っている」と言った子もある。

昔は「不良」になっていくはじまりは、家庭のお金を持ち出すことだったのではなかろうか。あるいは両親や教師に対する「反抗」だったのではなかろうか。そんなこともあって、「不良」の子どもたちは、服装や態度に自分がそうであることを誇示しようとした。現在も、もちろんそのような子どもたちもいる。

しかし、多くの少女売春をしている子どもたちは、「家庭の平和」を願い、まともな生活をしながら、むしろアッケラカンと生きている。これは恐ろしいことではないだろうか。

これについて考えているうちに「平和な家庭」の恐ろしさに気づいたのである。確かに人間が苦しむことは歓迎されないことだ。だれでもそれは避けたいと思う。そのために人間は苦しみを金で避ける方法をいろいろ思いついた。山へ一歩一歩苦しんで登らなくても、ケーブルカーで登ればよい。車の事故の後の人間関係のもつれを避けるためには、保険料を払っておき、難しいことは保険会社に任せておくといい。すべてこの調子でやっているうちに、現代人は「深い関係」とか「深い味わい」などということを忘れつつあるのではなかろうか。

ケーブルカーがあっても、一歩一歩山へ登る人が現在でもあるように、自ら苦しむことによって得る楽しさは味がまったく異なるのである。貧しいときは、家庭でもそのために争いが起こったり、ずいぶんと辛抱したりすることが、必要なときがある。しかし、そのなかで分かち合う喜びを体験したり、自分の行為を反省したりすることによってこそ、自分が「生きている」実感をもち得たのではなかろうか。

少女売春をしている家庭に「貧しい家」などはほとんどない。家族関係が「悪い」家も少ない。だれもが「まとも」に生きているうちに、あまりにもすべてが表面的にスムーズに流れすぎて、人間存在にある深さが置き去りにされる。思春期に達した少女たちは、思春期の特徴として、心の深みから突き上げてくる不可解な力を感じるが、それに見合うだけの関係は家庭にはない。表層のみが見かけの平和で固められている。

それはあまりにも「まとも」に、ものわかりよくできているので、少女たちはその破壊をあきらめ、町へ出て家族とは異なる「関係」を求める。そして、それがどれほどむなしいかを実感するが、それをごまかすためにブランド商品で身を固め、そのためにはお金が必要という悪循環に陥る。

家庭の在り方について、豊かになった家族の関係のもち方について、彼女たちは身をていして警鐘を鳴らしているのではなかろうか。

生涯学習

「生涯学習と人間の幸福」という題で講演をした。これまでもあちこちに書いているように講演はできる限りしないようにしている。何といっても多忙ということもあるが、私のように一対一の人間関係が大切で、一人ひとり異なる人間の個性にしたがって考えることを職業としている者は、講演のようにたくさんの人を相手に話すことに熱心になると、どうしても考えが型にはまって駄目になってしまう。

とは言ってもいろいろな条件が重なって、今回のように講演せざるを得ないこともある。そこで、なるべく型にはまらないように、出たとこ勝負で話をすることにしている。今回も、思いつくままに話をしていたが、話をしながら、「生涯学習」の方に話が向いていくのだが、なかなか「人間の幸福」の方にそれがつながってこないのに気がついた。人間にとって幸福とは何か、幸福になるにはどのようにすればいいのか、などというところに話が及んでこない。

時間の配分を考えて、どうしようかなと迷っているうちに、ふと次のようなことを考えた。人間にとって「生涯学習」ということは不可欠のことだ。しかしそれは別に幸福になるためにしているのではない。幸福ということを第一にして、幸福になろうと努力すると、かえって失敗してしまうことが多いのではなかろうか。幸福の方に気をとられると、どうしても不幸を避けたいと思う。ひとつの不幸を避けるための努力が、他の不幸を呼び込む原因になったりする。幸福になろうと考えるよりも、まず自分にとって、今はどのような「学習」の機会なのか考えてみる方がいいのではなかろうか。

「生涯学習」などといって、いったい何を学習していいのかと言う人もある。しかし、少し考えてみると、われわれは「学習」の機会に取り巻かれているようなものだ。

中学生の息子が学校に行かなくなる。体の病気でもないのでわけがわからない。そこで「登校拒否症」などというような本を買ってきて読む。これこそ「学習」と思ってやってみるが、あまり参考にならない。そのうち息子が「あれを買え、これを買え」と言いはじめる。少しは無理して買ってやったが、それで登校することもない。

父親はとうとうたまりかねて息子を呼び、対座して、「お前は父親が一カ月にどれだけ収入があるか知っているのか」と問いかけた。給与の明細を示し、基本給がいくら手当てがいくら、そしてそこから税金その他が引かれて手取りはいくら、と全部説明した。子供は「うちには、もっとお金があるのかと思っていた」などと言いながら、強い関心を示し、年金のことなど質問するので、それに丁寧に答えてやった。

このことが息子の登校の大切な契機になった。人間が生きていくことについて、息子は息子なりに納得し、自分も頑張ろうと思った。

そして、父親はどうであろう。このことから彼の「学習」したことは実に多いのではなかろうか。父親の役割について、一人の少年が大人になっていくことの難しさについて。ここで大切なことは、彼の学習したことは、不登校に関する「知識」ではなく、現代に生きていく上で必要な、自分なりに生きる基本姿勢のようなものではなかろうか。

最近は、「知識」に関する学習が忙しすぎて、生きることに関する学習がなおざりにされがちである。このため、生きることに関する「生涯学習」が必要になってきた。そして、この父親の例のように、思い切って生涯学習の「実験」に取り組んだ人は、その後で幸福感を得ることになる。

生涯学習のチャンスは、例に示したような家族の問題、あるいは、嫌な職場に転勤になった、思いがけない失敗をしてしまった、などという形で訪れてくる。そのときに「幸福」ということを単純に考える人は、自分のそれまでの小さい幸福にしがみついて、生涯学習の「実験」から逃れよう、逃れようとする。そのために、だんだん不幸になる、というような悪循環を繰り返す。

生涯学習の「実験」は必ずしも幸福につながるとは限らない。実験である限り、成功も失敗もある。しかし、成功したり失敗したりを繰り返しつつ生きるのが人生ではなかろうか。幸福というのはそれにつきまとっている一種の副産物と考えておく方がいいだろう。

昇りつめた幸福

昔から立身出世という言葉がある。社会のなかで、一人前としての自分の地歩《ちほ》を確立し、それによって栄達し有名になる。それを成し遂げることによって、人間は「幸福」になると考える人は多い。もちろん、なかにはそのようなことなど一切考えない、という人もいる。

人間の幸福はそんなこととは無関係であるし、「出世」などというのは、利己的であるという。確かにその考えは立派だと思うが、「出世を欲しない」と事あるごとに言うので、ほんとうはそれに大いにこだわっているのがわかる。「出世反対」などと大声を出して近所迷惑なことをするより、あっさり出世のために励む方が害がないし、人間なかなか、ほんとうにこのこだわりを捨てることは難しいと思う。さりとて「出世」イコール幸福とも言えぬところにこの問題があるようだ。

父親は靴のセールスマンだったが、たびたび失業して家は貧しかった。父の失業はアルコール中毒が原因であった。父親は息子のクリスマス・プレゼントを買うためにとってあったお金を、酒を飲むのに使ってしまうこともあった。息子はそれでも皿洗いをしながら大学へ行き、いろいろとアルバイトをしながらも、大人になったら必ず何かを成し遂げてやろうと決意した。そして、その通り息子は立身出世してアメリカ合衆国の大統領になった。

これはレーガン大統領の大変な成功物語である。社会の階段を一歩ずつ昇っていくとして、これ以上に昇りつめることは不可能であろう。そして、彼はどれほど幸福な生活を送っただろう。

レーガン大統領の娘パティ・デイビスが書いた『わが娘を愛せなかった大統領へ』（ＫＫベストセラーズ）には、大統領の娘が見たレーガン一家の家庭生活が赤裸々に述べられている。もちろんこれは娘の目から見た事実であって、ここからすぐにレーガン夫妻のことをとやかく言うべきではないだろう。しかし、少なくとも、この超出世物語の主人公の娘としては、なかなか大変な家族関係であったということは言えるだろう。

パティの母、つまりレーガン夫人は娘に非常に厳しかった。というよりは、パティの表現によると「虐待」であった。彼女はいつも母に殴られた。八歳のときはじめて殴られたが、「それはしだいにエスカレートし、毎週のこととなり、そしてときには毎日の出来事となった」。その間、父のレーガンはどうしていたのか。「父は一緒に暮らしていたが、家のどこを探しても見つけることはできなかった。いたのにいない父」。彼は忙しすぎたのだ。

パティによると、レーガンは子ども時代から、「厳しくつらい現実からは目をそらし、楽しい現実が存在するかのように自分に信じ込ませてしまうという驚くべき能力」を身につけていた、という。そのため、パティが母親のことを訴えても父親はそれを認めようとしない。「お母さんは優しくてよい人だ」と繰り返すのみである。

パティはこの家庭生活に耐えられず、家出をしようとしたり、麻薬に手を出したり、男性関係も荒れてくる。拒食と過食を繰り返し、死にそうなところにまで追い詰められる。彼女がどんどんと下降する生活をしている間に、レーガンは州知事になり、大統領となって、アメリカで考えられる最高の上昇を遂げる。

詳細を知りたい人は、ここに紹介した書物を読んでいただくことにして、ともかく、この親と子の上昇と下降のあまりにも対照的な動きが極めて印象的であったことだけを指摘しておこう。

パティは父親のレーガンを、先に引用したような辛辣《しんらつ》な言葉で批評している。しかし、これは少し言い換えると、どんなに厳しくつらいことがあっても、それにとらわれずに、何か楽しいことを見いだして頑張っていく能力、とすることができる。事実、レーガンはそのような能力をうまく発揮して、アメリカ国民の強い信頼と支持を得たのだ、とも考えられる。

しかし、ひょっとして、レーガン夫妻はあまりにもアメリカ国民のために光を求めようとし過ぎたのかもしれぬ。その大きい努力を支えるための闇《やみ》の世界を、娘のパティは経験せざるを得なかったのであろう。何事もやり過ぎるのはよくないかもしれない。それにしても、幸福というのは難しいものである。

生きにくい子

ギスギスとかチグハグという言葉がある。何をやっても、自分は普通に考えを述べ、行動しているつもりだのに周囲とチグハグになる。何だかおかしいと思って黙っていると、黙ってばかりいないで何か言ったらと言われるので、意見を述べると、そんなに喋らなくともと言われる。いったいどうすればいいのだと言いたくなる。どう考えても自分の方が正しいのになんだか変で、関係がギスギスしてくる。

こんなことを経験されたことはあるだろうか。誰でもときにはこんな経験をされることだろうが、それが慢性的に続くとなると、どうもこの世は生きにくいところだなと感じてくる。自分の坐り心地が悪いのである。何となくしっくりいかない。しかも、そのことをうまく表現できない——表現できたらチグハグは解消するはずである、そういう状態に耐えていると、いろいろな困った「症状」が出てくるときがある。それが子どもの場合だと、夜尿、吃音、チック、いじめ、不登校などとなる。

チグハグしているのは、その子の潜在的にもっている力が、うまく表面にもたらされない場合であることが多い。たくさん水の入った瓶を逆にして急に出そうとしても、空気が変にまじって泡立ったりして出てこないのとよく似ている。潜在力がそのままうまく外に出てくるといいのだが、その通路が見つからないのである。

われわれカウンセラーは、いろいろの問題に悩み、症状などをかかえて困っている人に対して、すぐに症状をなくそうとするよりは、いったいその背後にどんなことがあり、それをどのようにして外にもたらせてくるのが、その人にとって適切かを共に考えていこうとする。

岩宮恵子著『生きにくい子どもたち　カウンセリング日誌から』（岩波書店）は、前述したような「生きにくい子どもたち」が、カウンセラーの助けを借りながら、どのようにして自分の未来の生きる道を見いだしていくのか、その道筋を的確に示してくれる。

著者は子どもたちの生きにくさを「異界」という考えで説明する。子どもたちは、大人の常識と異なる世界、「異界」を心のなかにもっていると言う。異界はエネルギーの源泉であるが、危険にも満ちている。これと上手につながり、この力をうまく引き出せずにいると、「生きにくい子」になってくる。

そのような子がカウンセラーのところにやってくると、カウンセラーはその子と共に「異界」の探索をする。と言っても、その子と一緒に遊んだり、お話をしたりしながら、注意深く観察し、その意味を考えていく。ここで難しいのは「観察」とか「意味を考える」ことにこだわると、子どもとの生き生きした関係が切れてしまうし、ただ子どもと楽しく遊んでいるだけでは話は発展しない。

著者はそこで、夜尿、チック、偏食、拒食などの子どもの事例を基にしながら、どのようにして、これらの子どもが問題を克服していったかを語る。そして、その間のカウンセラーの役割は、まるで核エネルギーの平和利用のような仕事で、少しまちがえば大変な危険に陥ることなのだが、そこをいかにきめ細かい配慮によって乗り切っていくかが述べられている。

現在は「生きにくい」と感じている子どもが多くいるのではなかろうか。それは、せっかく子どもたちのもっている「異界」のエネルギーがこの世に顕現《けんげん》してくるのを待つのではなく、この世の常識に見合う「よい子」を早くつくりあげようと努力しすぎる親や教師が多すぎるからではなかろうか。そのような点で、この書物は親や教師が子育てや教育を考える上で、非常に役立つものと思う。

「異界」とのつながりは、実は子どものことだけではない。大人にとっても大切なことだ。どうせいつかは死んで、誰もが「異界」に行くとも言えるわけで、これは人間一生の問題である。大人は常識の世界のことに忙しすぎて忘れがちになるが、ほんとうに意味ある人生を生きるためには、大人にとっても「異界」は大切だ。そう思って読むと、この本は「子育て」のことだけではなく、大人の生き方にも深くかかわるものだと気づかされる。

二人の女性

佐野眞一『旅する巨人』（文藝春秋）を読んだ。日本中を旅した民俗学者、宮本常一と、彼を物心両面で支え、わが国の民俗学の発展に絶大な寄与をなした経済人の渋沢敬三の二人を対比しつつ、その足跡を語るノンフィクションの作品である。宮本は山口県周防《すおう》大島の出身で、学歴らしい学歴はない。これに対して渋沢の方は明治の大実業家、渋沢栄一の孫で東大法科の出身。この両者の生い立ちを比較しての記述は実に興味深いのだが、今回はこの巨人をめぐっての二人の女性の方に注目することにしよう。

宮本は若いとき教員をしながら、民俗学の調査に従事していた。そんなとき小学校の教師、玉田アサ子と見合いをし結婚する。この見合いから結婚までの八カ月間に、宮本はアサ子に百通以上のラブレターを書き送る。これを宮本の死後もずっと保管していたアサ子は「宮本の正確な姿を描くための参考になれば」と、佐野眞一に貸してくれる。六十年以上にわたってアサ子が大切に持っていた手紙だ。

手紙を読んでいるうちに、佐野は大いに驚く。その中に「実は、私には一人の女があったのです」という宮本の告白文があったからである。慙愧《ざんき》の思いで血を吐くようにしてつづられた宮本の長い手紙を要約すると、次のようになる。

宮本は肺結核を病み、死線をさまよったとき、共に死のうとまで思いつめて看病してくれた看護婦がいた。「疱瘡《ほうそう》のため醜い人で、すでにして生涯の不幸を背負ったような人」であった。宮本は感謝と同情から彼女に愛の言葉をかける。療養のためしばらく帰省し、二年後によくなって教員となった宮本のところへ、その女性はしばしば訪ねてくる。宮本は宿直室に来た彼女を無理に帰そうとする。結局、自殺を図った彼女を介抱《かいほう》しているうちに、宮本は一線を超えてしまう。

女性は二度と会わないと誓って去ってゆく。しかし、二年後に再び現われ、宮本の子どもを産んだが死亡したことや、二年間の苦労を訴える。宮本は「肉体的な愛だけは避け」、それでも「私は、何とかしてほんとうに安心立命の世へあなたを引きあげねばならぬ」と言うが、彼女は「私の欲するものは貴方の身体以外にない」と言う。「私は今にして自らの過失を償《つぐな》い、かつ他人のたましいを浄《きよ》めることの難事を知りました」と宮本は述べている。

宮本が見合いをしたことを告げたとき、この女性は「世には残酷だと思いながらもしなければならないことが時々ある」と言ってくる。

その後のこの女性のことについてわれわれは知ることができない。ともかく、この告白にもかかわらず、宮本とアサ子は結婚しその結婚生活をまっとうしたことは事実である。アサ子が佐野眞一に夫の恋文を渡すとき「ただならぬ決意のようなものが感じられた」と言う。彼らの生活の背後に、消えていった一人の同性がいたことを、アサ子は世に知らせるべきだと思ったのではなかろうか。

渋沢敬三は大資産家であり、妻の登喜子も三菱財閥の創始者、岩崎弥太郎の孫であった。「最高の結婚」とも言えるが、そこに「家」の圧力が重くのしかかっていた。大きい「家」の中には「夫婦の部屋」はなかった。登喜子は戦前から西洋風の教育を受け、若いころから英語が堪能で、七十代なかばまでスキーや登山に打ち込んだような人である。登喜子にとって、渋沢家という「家」の空気は耐え難いものがあっただろう。

ところが、大変革が生じた。日本が戦いに敗れ、社会の状況が一変した。登喜子は終戦後間もなく、夫と一男二女を置いて家を出てしまった。彼女は敬三と別居し「得意の英語を生かし外資系企業の社長秘書となり、敬三が没してからも、小中学生相手に英語を教えて自らの生活を支えた」。登喜子は後になって「あのまま、あの家にいたら自分は生涯生きていけなかった」と述べている。

ここにまったく異なる二人の女性の姿が描かれている。一人は献身的な援助から、男性を愛することになるが、結局はやむなく自ら身を引いていくことになった。他方は「自立」のために、男性との関係を自ら断ち切っていった。これらの生き方についてとやかく言うことはないが、旅する巨人としての二人の姿も、女性の目から見ると、相当に異なったものとして見えることだろう。

自立はできない

「自立」ということが重要なこととして、よく強調される。子どもを「自立」させるにはどうすればよいのか。「女性の自立」をいかにして達成するのか。というような言葉をあちこちで見聞きする。すべての人間は、「自立」を目標に生きていくべきである。従って、「自立」と反対の「依存」は評判が悪く、どうしても目の敵《かたき》にされる。依存心をなくして、自立することこそ大切だ、という考えが一般的といっていいだろう。

ところが、最近、「人は男であろうと女であろうと自立はできない。」と言い切っている文章にお目にかかって、胸のつかえが下りたような気分になった。これは私が大庭《おおば》みな子さんと共同編集した『現代日本文化論2　家族と性』（岩波書店）の巻頭にある、大庭みな子さんのエッセイ中の言葉である。

「えっ、どうして」と思う人のために、大庭さんの言葉をもう少し続けて引用してみよう。

「人は人と人の間に生きるものである。助け合い、頼り合って生きるというのが人間というものであろう。というわけで、わたしは自分とは別の力を持っている異性の力を絶対に必要とする。そんなわけで性にまつわる恨みと歓喜は複雑に絡み合っていて別々に論ずることは不可能である。いずれにしても人類のほぼ半数ずつを占める男と女の比はわたくしたちがどのように絶望しながらも和解し協力の道を辿《たど》らねばならぬことを意味している。」

実は、これは最近、「女性の自立」を強調する人が多いことに対する意見として書かれているのだが、はじめに「男であろうと女であろうと自立はできない」と述べられているように、男の問題として考えても同じである。男性で自分は自立していると思っている人も、しばらくそれについて考えてみるとよいだろう。

大庭さんは女性の立場からこのエッセイを書いているが、私は男性として、それを男性の立場にも置き換え、なるほどと思いながら読んでいた。

「人は人と人の間に生きるもの」。なるほどその通りである。一日の行為を少し考えてみるだけでも、自分がどれほど多くの他人に支えられているかがわかる。

赤ちゃんを育てている母親は、赤ちゃんの微笑《ほほえみ》によってどれほど支えられているかわからない。ある学校の先生が「生徒によって自分がどれほど支えられているかがよくわかった」と言ったことがあった。イタズラをして先生に叱られている生徒にしても、先生の「生きがい」を支えるために頑張っているのかもしれない。

こんなふうに考えると、他人どころか、いろいろな「もの」まで、自分を支えていることもわかるであろう。だれも自分の「愛用」のものをもっているはずだ。それをなくしたら、どんなに辛《つら》いことだろう。

互いに支え合う者として、大庭さんは異性を取り上げている。男と女が互いに支え合う。しかし、それは単純ではない。「性にまつわる恨みと歓喜は複雑に絡み合って」という短い文のなかに、男女の関係するいろいろな想いや観察の結果がこめられている。

男と女という別の存在、そして、その関係というのは実に面白いことである。私のところに相談に来る人たちが、多くはこの問題に関係している。「男というものは…」とか「女というものは…」という嘆きや怒りをどれほど聞くかわからない。

むかむかと腹を立てているうちに、しょせん相手なしでは生きていけないことがわかってきたり、自分が相手にどれほど依存しているかがわかってきたりする。「口もきかない」と決心しているのに、そのうち仲直りしてしまったりするのだから、ほんとうに面白い。まさに「恨みと歓喜は複雑に絡み合って」いるのだ。

心理学の世界でも、以前は自立と依存というのを反対概念として捉え、依存心の少ない人ほど自立している、というように考えていたが、最近はそうではなく、この両者がもっと複雑に絡み合っていると考えるようになった。簡単に言ってしまえば、依存すべきときには依存し、そのことを認識し感謝することによって自立する、ということになる。

大庭さんが「自立できない」と言っているのはまさにこのことで、依存の大切さを忘れて自立しようとしてもできるはずはないのだ、と言い換えられるだろう。男も女も「自立できない」ことを知ると、腹の立つことが少なくなるだろう。

子どもが好きになれない

自分の子どもがどうしても好きになれない、という母親の相談が増加している。自分の子だから好きなはずだ、あるいは、好きにならなければ、と思うのだが、そう思えば思うほど、うまくいかない。別に、嫌いとか憎いというのではなく、母親としてすることもしているので、傍《かたわ》らから見ていておかしいということはないのだが、自分の気持ちとして、もう一つピッタリとしない。何だかよそよそしい感じがする。

これは本人にとって、そしてその子にとって、なかなか深刻な問題である。母親としては何とかしたいと焦れば焦るほど、余計にちぐはぐになったりしてうまく行かない。母子でありながら、そんなことと思う人がいるかもしれない。しかし、親子の感情というものは、うまくいっている人にとっては簡単であり、うまくいかない人にとっては極めて困難なことなのである。

例えば、子ども三人のうち、下の二人とはうまくいっているのに、上の子とだけはうまくいかない、という人がいる。下の子とうまくいっているのなら、その調子でやればいいじゃないかと言ってみても、どうもそうならないのである。人間の心というものは不思議なもので、一度ひっかかりはじめると、なかなかスムーズにははたらかない。

このようなときに、自分は母親として失格であるとか、自責の念が強くなりすぎると、余計に問題が深刻化する。あるいは何とかしようという気持ちが強すぎて、子どもをむやみに甘やかしてしまったりする。意識し過ぎてかえって問題を大きくすることになる。

人間の心は動物と異なり、「意識する」という点が強い。これがあるために、他の動物と異なる文明を発展させてきたのだが、人間もやはり動物の一種であることに変わりはないので、実際生活において、この「意識する」というのを、どの程度にするか、案外難しいのである。

例えば、道を歩いているときに右足の次に左足、左足を前に出すときは右手を前に、などといちいち意識していたら、歩けなくなってしまうだろう。実際、そのような状況に陥ってしまうノイローゼの人もいる。さりとて、全くの無意識に歩いていたら、前に障害物があったりしても避けることはできないだろう。

子どもが生まれてきたとき、フッーの状態だったら、子どもをかわいいと感じるし、赤ちゃんの方も微笑したりして、母親の気持ちを引き出してくれる。母親と赤ちゃんとの間の相互作用によって、心が自然に流れていくと、後は心配がない。ところが、このような流れを抑止するような何かがあるとうまくいかない。頭の方では、かわいいとか、かわいがらなくては、と思っていても、自分の存在全体がかかわってこない。何か、そこに流れをせき止めるわだかまりがある。

このようなことで、相談に来られた母親と話し合っていると、子どものこととは別の何らかのわだかまりが語られ、それを話し合って、本当にそうですね、と共感していると、そのわだかまりが溶けていく。そうなると、自然に親子の関係がよくなっていることが多い。

と言うと、すぐにその母親が「悪い」のだなどと思わないでほしい。人間だれしも何らかのわだかまりをもっている。わだかまりのない人などいない、と言っていいだろう。わだかまりが溶けると、また新しいわだかまりが見つかる。それが溶けるとまた……というようにして人間は変わっていく。それを成長とか成熟とか呼んでもいいだろう。

それでは昔にあまりこのような相談がなかったのは、昔の人にわだかまりが少なかったのだろうか。それはそうかもしれない。人間は「進歩」とかいうのをすると、わだかまりが増える気がする。頭を使って考えたり、意識したりすることが、そのために増えるので、自然に動物的にうまくはたらいていたところに、わだかまりができるのではないだろうか。何となくやりすごすところを、意識したり考えすぎたりすることによって、夫と妻、親と子、などのことにわだかまりができる。

子どもを好きになれない母親は、妙に自分を責めたり、焦ったりせず、人間も（自分も）進歩したおかげで変なことになったくらいに思って、心の流れに身をまかせるようにすると、何となく問題は消え去ることもあるのではなかろうか。

育児ノイローゼ

子どもの事件が増える。近年では神戸で少年による殺人事件、それも極めて特異な殺人があった。こんなのを知ると、自分の子どものことが心配になる親がいる。このような事件があると、必ずいろいろな流言が生じ、それがそのままマスコミに流れたり、噂《うわさ》話として広がったりする。例えば、父親はどんな人で、××大学の出身だとか、母親はどのような人だとか。そんなのを聞くと、ますます自分の家族のことが心配になる。

文部省(現・文部科学省)の決断で、平成七年から試験的にスクール・カウンセラーが少数の学校ではあるが、配置されるようになった。私はスクール・カウンセラーの仕事をしている臨床心理士の会の会長をしているためもあって、その様子を聞く機会がよくあるが、そこで感じる一つの大切なことは、多くの親が相談したいことをいっぱい抱えており、それは少し話し合いをするだけでも解決することが多い、という事実である。それに、この親たちはどこにも相談に行ける適当なところがなく困っているのが特徴的なのである。

昔であれば、日本は大家族だったので、育児に関する相談をする相手として、祖父や祖母がいたり、ときには親戚のなかの長老のような人がいた。育児は家族、地域などが一体になってするので、父親、母親に育児のすべての負担がかかることはない。あえて言えば、父親役、母親役をする人は、実父、実母以外にいろいろといたのである。もちろん、この在り方は、いい面ももっているが、個人の自由がどうしても束縛される欠点をもっている。そこで、現在の日本は急激に核家族化したのだが、そのことによって、父親、母親の役割が急に重くなったのである。その上、核家族になってしまったので、若い両親は相談するところがない。

近所の付き合いはそれほど親しくない。学校の先生には、うっかり相談して、自分たち親子を「悪い」と思われたら困る。というわけで、些細なことが大きい心配の種になる。

このような心配を大きくする要因として、「平均値」というのがある。例えば、三歳児の平均身長、平均体重というのがある。それより少しでも劣っていると心配になる。なかにはそれを超えると「太り過ぎ」と心配する人もいる。あるいは、五歳児の社会的発達はどの程度なのか、などという知識を仕入れてくると、それと自分の子とを比較して、どこかに心配の種を見つける。

何もかも平均通りなどという子どもの方が珍しいのではなかろうか。心身の発達にしても、早かったり遅かったりしながら、その子どもなりの特徴を示しつつ伸びていくものである。「平均」を金科玉条《きんかぎょくじょう》と思いはじめると、たまったものではない。「何もかも平均なんてことは、めったにありませんよ」とか、「このくらいの遅れは、全然心配いりません」とか、カウンセラーが言うだけで親は安心する。

カウンセラーと言っても、専門的に訓練されている人はいいが、そうでもない「自称カウンセラー」の人が、逆に「お宅の子どもさんの○○は平均以下ですよ」と重大そうに言って親を不安に陥れたりする。これはもってのほかのことである。相談するときも相手を選ばねばならない。

次に育児の相談で感じることは、子どもの少しの「悪」に親が過剰に反応することである。昔のように子どもが多く、親が忙しかったときは、子どもは適当に「悪」を体験しながら成長していった。しかし、子どもの悪に対して厳しく接すると、「悪を奨励するのか」と叱られそうだ。しかし、子どもの悪に対して厳しく接することは大切であるにしろ、すべての悪に対してそのようにすると、子どもはいじけてしまったり、あまりにも柔軟性がなくなったりする。もっと恐ろしいのはため込んでいた悪が一挙に爆発して大きい事件になることである。

それでは、どの程度の悪を見逃し、どこで厳しくするのか。このことも親は学習する必要がある。それをせずに、子どもの少しの悪に対して、「私の育て方が悪かった」などと余計な反省をしてしまったりする。

子どもがせっかく、その個性に応じて成長していくのに、親が固い標準を心につくってしまって、それによってノイローゼになるのは残念なことだ。子ども自身の育っていく力をもっと信頼してほしいと思う。

ゆとりのある見とおし

先日、教育学者の蜂屋慶《はちやけい》先生が亡くなられた。私は京都大学教育学部に奉職中、蜂屋先生が教育学部長をされている間、補導委員長（何だか時代離れした名だが）としてお仕えした。まだ学生運動の盛んなころで、大学も大変だったが、私は蜂屋先生にこの間、実に多くのことを学ばせていただいたと感謝している。

先生は教育においても「超越」ということが重要であると考えられ、人間の通常の在り方を超えた存在の認識が教育において大切であると主張しておられた。今から思うと、オウム真理教の事件を予示されていたかとさえ感じられるが、今回はそのことよりも――そのことと深い意味で関連すると思うが――私が先生に教えられたと感じている、「ゆとりのある見とおし」ということについて述べてみたい。

当時は学生運動が激しく、下手をすると教育学部が潰れてしまうほどの危機感をもつ人もあった。蜂屋先生の特徴は、そんなときでも常に余裕をもっておられ、長い見とおしに立って事態を見ておられた。そのために無闇《むやみ》に不安になったり、焦ったりせず、学生たちに接しられたので、だんだんと収まる方向にすべてが向いていったと思った。

子どもを育てるときにも、「ゆとりのある見とおし」というのは非常に大切なことだと思う。自分の子どものこととなると、どうしても熱心になりすぎて、つい目先のことにとらわれてしまう。こんなに勉強せずに遊んでばかりいてどうなることか、と思うとたまらなくなる。しかし、長い見とおしの上に立ってみると、小学校のときに一番だったか、十番だったかなどということよりも、のびのびと好きな遊びをして過ごしたことの方が、よほど子どもの将来には価値あることになってくる。

欧米に行って羨《うらや》ましく感じるのは、子どもたちが実によく遊んでいることである。上流社会の子どもでも普段はそれほど「よい服」を着ていない。遊びで少しぐらい汚してもいいのだ。先日もスイスの友人と話をしたが、彼も日本に来てみて、遊びの少ない日本の子どもをほんとうにかわいそうに思う、と言っていた。遊びというのは、子どもにとって「人生勉強」の機会でもあるし、自由な発想を発展させる機会でもある。このときに獲得したものが、大人になってからほんとうに生きてくるのである。

先の「見とおし」が大切というとき、親が子どものために考える「見とおし」はあまりにも画一化され、気持ちのゆとりがなくなっていないだろうか。つまり、子どもの幸福の見とおしとして、よい大学を出てよい会社に就職すること、という考えをもち、そのためにはよい高校に……というわけで、幼稚園に入ることまで心配になる。

この考えの一番大きい欠点は、子どもの人生は子ども自身のものだという考えが、すっぽり抜けている点にある。子どもの幸福は、しょせん子ども自身がつくり出していくものである。子どもが大会社に就職したことを一生幸福と思って暮らすのか、あるいは、青年期をぶらぶら暮らしているうちに好きなことが見つかり、経済的には少しぐらい苦しいけれど、やりたいことを精いっぱいやるのを幸福と思うのか、それは子ども自身の課題なのである。少し心のゆとりをもって周囲を見回していただきたい。お金が、地位がありながら、毎日暗い顔をして生きている人や、あくせくして生きている人も案外いるのではなかろうか。社会に出てきて、自分が高等教育の「勉強」で習ったことが、どれほど役立っているかを考えてみるのもいいだろう。

こんなことよくわかっているのに、どうして、子どもに「勉強、勉強」とばかり言うのだろう。それは、子どもの勉強以外のことに目がいかず、子どもの個性が見えていないからではないだろうか。子どもの個性を見るためには、自分自身が個性を生きていないといけないのだが、それができているだろうか。自分の個性がわからないと、子どもに画一的な幸福を押しつけ、それで自分が満足したり、安心したりするのではないだろうか。子どものことは子どもにまかせて、じっくりいこうという長い見とおしをもつと、親も子も、もう少しゆったりとできるのではないだろうか。

わたしを束ねないで

新川和江さんは有名な詩人で、中学校の国語の教科書などでその作品に接したりして、ご存じの方は多いことであろう。最近、新川さんの詩のアンソロジーが、ポケットに入るようなかわいい本として童話屋から出版された。同じスタイルでまど・みちお、阪田寛夫、くどうなおこさんたちの詩集も発行されており、楽しませてもらっている。これらの小さい本からどれだけ多くのことを得られるか、計り知れないものがある。

新川和江さんの詩「わたしを束ねないで」は次のようにはじまる。

わたしを束ねないで
あらせいとうの花のように
白い葱《ねぎ》のように
束ねないでください　わたしは稲穂

秋　大地が胸を焦がす
見渡すかぎりの金色《こんじき》の稲穂

わたしを止《と》めないで
標本箱の昆虫のように
高原からきた絵葉書のように
止めないでください　わたしは羽撃《はばた》き
こやみなく空のひろさをかいさぐっている
目には見えないつばさの音

このように続く詩を終わりまで引用できず残念だが、心を引かれた方はぜひ、この詩集を手にして最後まで読んでいただきたい。

「わたしを束ねないで」という声は強く鋭く迫ってくる。しかし、人間は他人を「束ね」たり「止め」たりするのが好きなのではないかと思う。「非行少年対策」

などといって、一群の子どもを「非行少年」という名前で束ね、それに対する「対策」を考えようとする。「十把《じっぱ》ひとからげ」という表現があるが、うっかりしていると何かの名前によって束ねられてしまう。

昆虫の標本のようにピンで止められてしまうこともある。それはときに美しく立派かもしれないが、動きがとれない。たとえば、優等生という名前で「標本」にされてしまうと、遊びたいのに遊べなかったり、仲間と一緒に行動したいときに、無理に一人で勉強するようになる。標本箱の標本のように、多くの人が優等生ということで注目したりするかもしれないが、心の方はピンで止められたようになって生き生きとは動かない。結局は何も面白みのない人間になってしまう。

こんなことを考えはじめると、勲章などというものも、人をピンで止める仕掛けの一つかもしれないなどという気がしてくる。勲章がほしいばっかりに、無理をしたり辛抱したり、それを貰《もら》うころには、「標本」になって人間性を失ってしまう。

新川さんの詩は、「わたしを名付けないで／娘という名　妻という名／重々しい母という名でしつらえた座に／坐《すわ》りきりにさせないでください……」と続く。

母という名には、わざわざ「重々しい」という形容詞がつけられている。この名によって束ねられたばかりに、その重みに耐えかねている人はいないだろうか。母親なのだから、あれもしなくてはならない、これもしなくてはならない、と思って焦ってしまう。あるいは、自分は「母として」十分なことができていないのでは、と何かにつけて後ろめたく思ってしまう。

それはあまりにも重いので、母になどならないと決心する。あるいは子どもを産んでも母親業などするものか、と思う。これも極端に反発しているだけで、自分勝手に心のなかで「母」というものを束ね、それに対して抵抗しているのであり、問題はそのような「束ねる」ことを自分がやってしまっていることにある。

別に、母であってもいいし、父であってもいいし、ともかく人間である限り、何らかの呼び名をつけないと生きていけない。問題は、その名のもとにひと束ねにすることをしているかいないか、にある。こう考えると、新川さんの「束ねないで」という訴えは、あくまで自由にはばたこうとする自分が、何とか自分を束ねてしまおうとする自分に向かって叫んでいるように思えてくる。一番恐ろしいのは、他人ではなく自分が自分を「束ねる」ことなのである。

音のない音

学生時代にしていたが下手なのでやめてしまっていたフルートを、五十八歳からまた吹きはじめた。今度はちゃんとプロの先生について、二週間に一度習いにいくことにした（と言ってもなかなかその通りにはいかないが）。何かを習うということは実にいいことで、その都度何か新しいことを学ぶことができるのは嬉しい。それに私は心理療法という仕事をしているので、人間の生き方についての関心が高く、フルートについて教えられることが、人間の生き方や心理療法に関連してくることが多く、二重、三重に教えられる感じがする。

フルートはピアノと違って、一度に一つの音しか出せない。従ってメロディーを吹くだけである。よい気になって吹いていると、先生にここの和音はどうなっていますか、と聞かれることがある。つまり、メロディーを吹いていても、その下についている和音がどうなって、どう変化していくかがわかっていないと駄目だというのである。和音のことを知ろうと知るまいとメロディーそのものは変わらないと思うのだが、そうではない。和音と関係なく吹いているときと、そちらに気を配って吹いているときは明らかに異なり、先生にはちゃんとわかるから怖いのである。

そのときに鳴っていない音が大切なのである。しかし、考えてみると、このことは人間関係でも大切ではなかろうか。人間の口は一つだから、一度にたくさんのことは言えない。例えば、「悲しいです」としか言えない。しかし、これをメロディーと考えると、同じ「悲しいです」の下に、いろいろな和音があり、それによって随分と味が変わるはずであり、そこには言われていない和音を聴くことが非常に大切ではなかろうか。音のない音に耳を傾ける態度が、他人を深く理解するのには必要であると思われる。

もう一つ「音のない音」とでも言いたいことで教えられたことがある。フルートは高い音の出せる楽器である。しかし、高い音をきれいに吹くのは実に難しい。われわれが吹くと、いわゆるキンキンした音になってしまう。そんなときに、先生が言われるのに、高い音を吹くときに、「浮《うわ》ついてしまう」というか、体も何だか上の方に上がってしまう感じになるから駄目なのである。

音が高く上がっていくときには、体の感じは逆にむしろおなかの下の方へ下がっていって、それを支えるようにならないと駄目なのである。これは実際にフルートを吹いてみないとよくわからないだろうが、音が高くなるに従って、体の支えの方は下に向かっていく。言うならば、音にならない低い音が高い音を支えているような感じになるのだ。

これは実際に吹くとなると難しくて、高い音が来るとつい体までが浮いていって、音色が悪くなってしまう。

この練習をしていて思ったのは、人間というのは何か調子がよくて上昇傾向にあるときは、手放しで上昇してしまって、浮ついたことになりがちである、ということであった。どれほど上昇しても、それをしっかりと支えるためには、何らかの下降がそれに伴って生じていないといけない。高い位置と低い位置との間に存在するある種の緊張が、高いものを支え、厚みを与えるのだ。

人間の幸福というものもこのようなものだろう。幸福の絶頂にあるようなときでも、それに対して深い悲しみ、という支えがなかったら、それは浅薄《せんぱく》なものになってしまう。幸福だけ、ということはない。もちろん、フルートの音しか一般の人には聞こえないのだが、それがよい音色であるためには、音のない音がそれを支えているように、幸福というものも、たとえ他人にはそれだけしか見えないにしても、それが厚みをもつためには、悲しみによって支えられていなくてはならない。

「しあわせ眼鏡」という題で、人間の幸せについていろいろな角度から直接、間接に関連するようなことを書かせていただいてきた。これも今回が最終回になるが、それにあたり、幸福ということが、どれほど素晴らしく、あるいは輝かしく見えるとしてもそれが深い悲しみによって支えられていない限り、浮ついたものでしかない、ということを強調したい。恐らく大切なのはそんな悲しみの方なのであろう。

〈解説〉河合隼雄の幸福論

「はじめに」にあるように、本書は『しあわせ眼鏡』という題で一九九三年一月から一九九七年十二月まで中日新聞と東京新聞に連載されたのをまとめて、一九九八年に海鳴社から出版されたものである。残念ながら長年品切れになっていたが、このたびPHPエディターズ・グループから『河合隼雄の幸福論』として復刊されることになった。

「幸福論」とは言っても、これは決してある幸福観を体系的に展開したり、ましてやそれを読者に押しつけたりするものではない。「はじめに」にあるように、心理療法家である河合隼雄からすると、何らかの意味で不幸な状態にあって、そこから脱却して幸福を求めている人に会うことが多い。その意味で「幸福」とは何だろうと考えざるをえない。しかし何をもって幸福というのか、そもそも幸福とは大切なのか、まさに「深く考えはじめると難しくなる」のが幸福の特徴とさえ言える。

それに対して本書は、著者が様々なことを経験していく中で、幸福ということをそのつど考えていったものである。あるクライエントのことを思い出して、援助交際などの比較的新しい問題に遭遇して、旅に出て、誰かに出会って、本を読んでという著者の様々な経験を切り口にして、幸福について考えていく。例えば、「子どもの幸福」という節では、自分の子どもの幸福を願う人は多いことを前提にしつつ、学校に行かない中学生の子どもを持った父親のことから、話が深まっていく。

具体的な経験を元にしていくのは、幸福についての興味深いアプローチであると思われる。というのも抽象的に幸福論や幸福観を扱っても、それはしょせん「絵に描いた餅」にとどまるのではなかろうか。われわれは常に自分自身の限られた人生の中で、幸福を見出していかざるをえない。その意味で具体的な経験を手がかりにして幸福について考えていくのはすぐれた方法であろう。そこには必然的に具体例による制限が加わり、また著者の人間が関わってくる。さらにこれは、心理療法における「事例研究」の大切さを常に強調していた河合隼雄の姿勢にもつながる。

ところが不思議なことに、幸福を対象にして考えているというよりは、本書は様々なことを幸福という視点から見たり、体験したりしていることになっている。その意味でオリジナルの『しあわせ眼鏡』というのはおもしろいタイトルであると言えよう。まさに「しあわせ」というのが眼鏡であり、視点であることを暗示している。本書はただのエッセーではなくて、「幸福」を視点にするからこそ、まとまりと深さが生まれている。

それにしてもページを繰っていくと、著者の活動の多さだけではなくて、なんて著者は豊かに生きているのだろうと感心させられる。体験することに自ら感動し、さらに独自の視点をもたらす。このように生きること自体が幸福に生きることなのではないかという気にさえさせられる。

それと同時に、著者がとても醒《さ》めていることにも気づかされる。「おかあさん」というとても心温まる節で最後に引用されている、小学校三年生女子がおかあさんとおとうさんについて書いた詩の終わりは「それから/どうして すきになったのに/けんかばっかりしてんのか/しりたいねん。」である。「ひとつに賭ける」は、定時制の生徒にボクシングを教えることで成長を促している先生の話を取り上げているけれども、「涙を契機に立ち直るだとか、その後まじめになったというのはドラマの世界で、現実はそうはいかない」という言葉を引用している。

感動的な話は、特にそれが幸福に関係していると、ついつい甘くなったり、時には著者がそれに酔ってしまったりするリスクがあるけれども、それは巧みに避けられているのである。

その時に著者が出会ったものから考察して書いているだけに、この本は時代性を感じさせてくれる。これが連載されていた時期は、一九九五年という阪神・淡路大震災と地下鉄サリン事件があったときを挟んでいる。それは日本が大きな価値転換を迎えていたときではなかろうか。これまでの価値観、ひいては幸福観を打ち砕くと同時に、日本人の底に流れている「つながる力」も再確認させてくれたものである。その三年後に出版された本書が、東日本大震災というやはり大きな価値転換を迫った出来事の三年後に復刊されたのも、今の時代に対して再び重要なメッセージを伝えてくれるかもしれない。本書は、ゆったりと流れる時間、人と人とのつながりなど、古くからあるものを味わいつつも、新しい変化にどのように対処すればよいのかというバランスで貫かれている。

本書のスタイルからして、これは幸福について多面的に考えさせてくれるものであって、結論めいたものはないかもしれない。実際に著者は、かなり連載の進んだ後半においても、幸福についてあまりにもわかっていなくて自分で愕然としている（「生涯学習」P２０６）。それでもなんとなく本書に通底する著者の幸福観は感じられるように思われる。一つには、幸福は目標として求められると危ういものであって、むしろ副次的についてくるものだという捉え方であろう。幸福に限らず、人生の多くのこと、また心理療法にも通じる考え方だと思われる。

もう一つは、禍《わざわい》を転じて福となすというように、何が幸福かわからないというだけではなくて、幸福は必ずその反対の不幸や悲しみで裏づけられているという見方である。最後の「音のない音」は、自らもフルートの演奏に親しんだ著者が、鳴っていない音が大切で、高い音を出しているときにも、音にならない低い音が支えているということから次のように述べている。

「人間の幸福というものもこのようなものだろう。幸福の絶頂にあるようなときでも、それに対して深い悲しみ、という支えがなかったら、それは浅薄なものになってしまう。」

復刊にあたっては、文章における細かなミスと思えるものを訂正させていただいた。専門書でないこともあって、用語として訂正や注記の必要なものは見受けられなかった。

末筆ながら、本書の復刊を熱心に勧めていただき、細かな作業でお世話になったPHPエディターズ・グループの田畑博文さんに感謝したい。

二〇一四年　お盆

河合俊雄（京都こころ研究所　代表理事）

文庫化によせて

本書は、『しあわせ眼鏡』という題で新聞に連載されていたのが元であるが、それの生原稿を河合隼雄が京都の料亭「和久傳《わくでん》」の先代の女将《おかみ》さんである桑村綾さんの所望によって二〇〇〇年末にプレゼントし、綾さんが左ページの写真のようにきれいに製本され、大切に所蔵されていた。表紙の文字なども河合隼雄直筆である。

それをまるで本書の文庫化と時を合わせたかのように、河合隼雄財団に寄贈いただいたことに感謝するとともに、何か偶然とは思われない力の働きを感じるのである。

本書にまつわるこの好意と幸せの連鎖が、さらにつながっていくことを願いたい。

河合俊雄

しあわせ眼鏡
しあわせ眼鏡

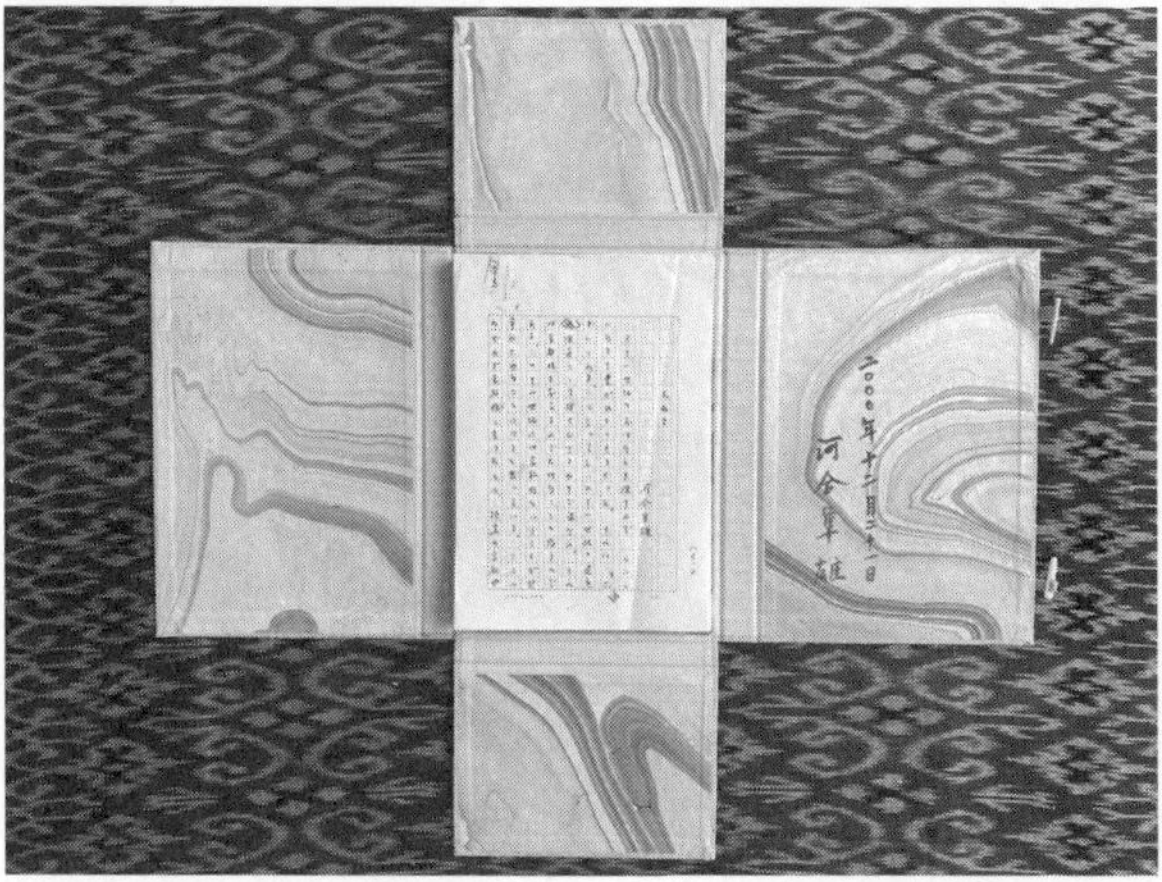
河合隼雄

著者紹介
河合隼雄（かわい　はやお）
1928年－2007年。臨床心理学者。京都大学名誉教授。京都大学教育学博士。2002年１月から2007年１月まで文化庁長官。国際箱庭療法学会や日本臨床心理士会の設立等、国内外におけるユング分析心理学の理解と実践に貢献。
『昔話と日本人の心』で大佛次郎賞、『明恵 夢を生きる』で新潮学芸賞受賞。その他『こころの処方箋』、『中空構造日本の深層』、『とりかへばや、男と女』、『ナバホへの旅　たましいの風景』、『神話と日本人の心』、『ケルト巡り』、『大人の友情』、遺作『泣き虫ハァちゃん』など著作や論文は多数ある。1995年紫綬褒章受章、1996年日本放送協会放送文化賞、1998年朝日賞を受賞。2000年文化功労者顕彰。

本書は、1998年に海鳴社から刊行された『しあわせ眼鏡』を復刊した『河合隼雄の幸福論』（2014年９月、ＰＨＰエディターズ・グループ刊）を文庫化したものです。

ＰＨＰ文庫　河合隼雄の幸福論

2023年６月15日　第１版第１刷
2024年７月３日　第１版第５刷

著　　者　　河　合　隼　雄
発 行 者　　永　田　貴　之
発 行 所　　株式会社ＰＨＰ研究所
東京本部　〒135-8137　江東区豊洲5-6-52
ビジネス・教養出版部　☎03-3520-9617(編集)
普及部　☎03-3520-9630(販売)
京都本部　〒601-8411　京都市南区西九条北ノ内町11

PHP INTERFACE　https://www.php.co.jp/

制作協力
組　　版　　株式会社PHPエディターズ・グループ

印 刷 所
製 本 所　　図書印刷株式会社

 ISBN978-4-569-90327-9

PHP文庫

養老孟司の人生論

養老孟司　著

私の人生では「新しい」こと、つまりまだ済んでないことがあります。それは死ぬことです——死から宗教まで自身の考えを綴った一冊。